HORROR SHOW

Charline Quarré

HORROR SHOW

Et autres nouvelles d'épouvante

© 2023 Charline Quarré

Édition : BoD – Books on Demand, info@bod.fr
Impression : BoD – Books on Demand, In de Tarpen 42,
Norderstedt (Allemagne)

Impression à la demande

Illustration : doll-5522616

ISBN : 978-2-3223-7824-1
Dépôt légal : Mai 2023

SOMMAIRE

Fake Ryan	8
Fanfare	66
Du verre pilé dans la tête	77
Mauvais quart d'heure	113
Horror Show	137
Où est Natacha ?	173
Notes	185
Remerciements	188
Du Même Auteur	189

FAKE RYAN

Un vent frais vint rabattre une mèche sur le front d'Hortense. Une mèche impossible à discipliner dans sa longue tresse châtain. Elle ne bougea pas d'un cil, concentrée sur son dernier morceau. Son tout dernier morceau de la saison des mariages. L'automne était déjà amorcé, bien que particulièrement doux cette année pour le climat du nord de la Bretagne.

Parmi les invités du vin d'honneur, un jeune homme plutôt mignon lui adressa un clin d'oeil avant d'enfourner un canapé au saumon. Hortense se sentit rougir et manqua de faire une fausse note.

Seule dans le coin vestiaire aménagé dans le château, Hortense referma soigneusement l'étui de son violon.

« Ah ! vous voilà, Mademoiselle ! »

Hortense sursauta très fort. Elle n'avait pas entendu le père de la mariée entrer dans le hall encore silencieux avant l'afflux des convives vers la salle du dîner. Il sortit un chèque plié en deux d'une poche de smoking et le lui tendit.

« Merci, vraiment ! La personne qui m'a vanté vos mérites n'a rien exagéré. Mon épouse est ravie. Magnifique prestation. Je garde précieusement vos coordonnées si j'ai la chance de marier mon fils dans un futur proche.

- C'est gentil, merci, » bredouilla timidement Hortense en glissant le chèque dans son minuscule sac à main en bandoulière.

Elle regagna sa Mini bleu nuit sous le bosquet servant de parking où le soir était tombé. Elle ouvrit le coffre, y déposa son violon avant de se contorsionner dans sa jupe longue pour troquer ses sandales à petits talons pour ce qu'elle appelait ses *ballerines de conduite*.

Elle lança le GPS sur son adresse à Sauvignac, sortit du domaine et emprunta les premières routes communales.

Mon Dieu, je meurs de faim, pensa-t-elle tout haut au bout de quelques minutes.

De mémoire, elle opéra un inventaire du contenu de son frigo de célibataire et ne se souvint de rien de bien affolant. D'autant qu'une bonne heure de route la séparait encore dudit frigo. Après quelques minutes d'hésitation jusqu'au premier rond-point qu'elle rencontra, elle décida qu'elle s'arrêterait dîner dans le premier restaurant venu qui aurait l'air accueillant.

Le service était long, très long pour une crêperie au trois quarts vide. Vingt minutes s'étaient écoulées depuis qu'elle avait passé sa commande et elle n'avait pas été encore été servie. Hortense s'impatienta sur sa chaise mais n'osa rien dire car elle n'osait jamais rien dire. Elle se contenta de jouer nerveusement avec son téléphone en avalant de petites gorgées de Coca jusqu'à ce que sa crêpe complète finisse par arriver.

Il était vingt-deux heures passées lorsqu'elle se remit au volant après un repas regrettable. Franchement insipide. *Pourtant il n'y a rien de plus simple à cuisiner que des crêpes.* Elle alluma la radio pour se tenir compagnie et redémarra.

« A deux-cent mètres, tournez à gauche », fit la voix soporifique du GPS, qui ressemblait plus à un conseil blasé qu'à une volonté énergique de guider sa conductrice.

Hortense bailla, repensa au garçon mignon qui lui avait souri, et loupa l'intersection.

« Zut ! Zut ! *Et merde !* »

Sans autre option, elle poursuivit tout droit sur la départementale en attendant que le GPS se remette à jour.

« Oh ! C'est pas vrai ! »

Le court chemin digital en bleu qui aurait dû la mener à la voie rapide venait de se transformer en long serpentin fastidieux pour retrouver la route plus loin. L'heure d'arrivée à Sauvignac fut elle aussi rallongée de quinze bonnes minutes. *Mais quelle imbécile !*

Imperturbable, la voix du GPS lui indiquait les tournants à prendre sur la route de campagne.

Hortense était à mi-parcours du chemin à rallonge à travers bois. *Plus que quelques minutes de serpentins et c'est tout droit.* SPASH ! Un choc soudain. Hortense sursauta et ralentit. *Qu'est-ce que ...?* C'était sur le pare-brise. Elle plissa les yeux. Il y avait une tâche sur le Plexiglas. *Un oiseau à la mauvaise trajectoire ?* Puis un soupir de soulagement. Ce n'était qu'un oeuf. Deux, en fait. Ils avaient dû tomber d'un nid haut perché. Pas besoin de s'arrêter pour ça. *Pauvres bêtes*, pensa-t-elle en actionnant les essuie-glaces. Elle accéléra de nouveau.

Les essuie-glaces éjectèrent le gros des coquilles fracassées, et brisèrent le reste en mille menus éclats qui s'étalèrent sur le pare-brise. Très vite, les essuie-glaces étalèrent le contenu blanchâtre et visqueux des oeufs. Hortense enclencha le produit lave-vitre.

« Oh c'est pas vrai ! J'y vois rien ! »

Les oeufs étalés par les essuie-glaces formèrent un film de plus en plus opaque sur le pare-brise. Impossible de continuer à conduire.

Elle s'arrêta sans couper le moteur et alluma ses feux de route avant de sortir du véhicule pour examiner le problème de plus près. Elle frissonna dans son fin chemisier de soie. L'air s'était considérablement rafraichi. Hortense se frictionnait les bras en examinant l'étendue des dégâts.

« Comment je vais enlever ça maintenant ? »

Elle réfléchit à un objet avec lequel elle pourrait racler la vitre, pas dans son intégralité, mais au moins de façon à voir à travers.

D'un coup, elle se redressa. Quelque chose ne lui plaisait pas. Un mauvais pressentiment la fit se retourner.

Sur le ruban de goudron, la lumière des pleins phares éclairait trois hommes. Qui avançaient en sa direction. Le souffle coupé, Hortense écarquilla les yeux, l'air d'une biche prise dans les phares d'une voiture une peur sourde, humaine, terrible.

Lorsqu'elle se précipita pour regagner l'habitacle, des mains tombèrent sur ses épaules et ses poignets. Elle n'eut pas le temps de hurler qu'un poids plus lourd s'abattit sur sa tête et l'assomma.

*

Hortense ouvrit un oeil. Sa vision était floue, elle roula la tête sur le côté. Elle avait mal partout. A la tête surtout. Il pleuvait. Une pluie fine qui lui piquait le corps entier comme mille morsures froides. Elle eut la sensation qu'il pleuvait à même sa peau. Elle roula la tête de l'autre côté. Elle comprit qu'elle était allongée sur de l'herbe. Il y avait un tas informe juste à côté de sa tête. Un amas de tissus trempés qui sentaient très fort un produit chimique. Elle éternua, puis cligna plusieurs fois des yeux avant de reconnaitre son chemisier et sa jupe roulés en boule. Un léger sursaut lorsqu'elle s'aperçut qu'elle ne portait plus rien qu'une seule de ses ballerines au pied. Elle s'étrangla, prit une grande inspiration, toussa. Une forte odeur d'essence lui attaqua le sinus. Sa peau sentait l'essence. Elle tenta de remuer, mollement, le corps entier engourdi. Ses poignets rencontrèrent une résistance. Quelque chose les entravait. Une corde fine rattachée à un arbre épais au pied duquel elle gisait.

Elle sentit qu'elle perdait à nouveau connaissance. Elle se vit partir, doucement.

Au loin, sans être capable d'en estimer la distance, elle reconnut sa voiture, et deux silhouettes à côté. Il lui sembla les entendre rire. Elle distingua une troisième ombre, plus près d'elle cette fois, qui lui tournait le dos et s'éloignait en déversant quelque chose sur l'herbe depuis un gros récipient. Un liquide chimique que l'inconnu répandait du corps immobile d'Hortense jusqu'à sa voiture. L'homme s'arrêta devant ses deux acolytes.

Lorsqu'elle cligna des yeux, elle vit sa voiture en feu. Les trois ombres détalèrent en courant. Elle entendit un grondement de moteur plus loin. Un véhicule qui démarrait à toute vitesse.

Le feu se répandit, descendit de sa Mini qui continuait de flamber pour se frayer un chemin fulgurant à travers l'herbe. Jusqu'à elle.

Ce fut à ce moment que tout son corps se révolta et se débattit en hurlant. En vain. Et la course du feu s'arrêta net. A quelques mètres d'elle. Un court segment où l'essence n'avait pas coulé qui lui laissait la vie sauve pour l'instant.

Au loin, sa voiture explosa dans un fracas assourdissant.

Cette fois-ci, Hortense partit dans le noir pour de bon.

*

« Où est ma voiture ? » fut la première question qu'Hortense posa à son réveil, d'instinct, sans se demander d'abord où elle était, *elle*.

« Où est ma voiture ? » insista-t-elle devant ce qui avait l'air d'être une infirmière.

Pourquoi une infirmière ?
« Oh, vous êtes réveillée ! fit celle-ci.
- Où JE SUIS !?
- Je vais chercher le docteur. »

La femme sortit de sa chambre d'hôpital. Hortense s'agita sur le lit, se toucha le visage. Il semblait intact. Elle avait mal partout. De ce qu'elle pouvait en voir, son corps était couvert d'hématomes et de coupures plus ou moins profondes, comme si elle avait été rouée de coups dans des ronces.

Puis, elle se souvint. Des oeufs écrasés sur son pare-brise. Trois hommes indistincts qui l'assommaient. Un bref réveil attachée à un arbre tandis que sa voiture prenait feu. Puis nouveau black out.

Oh mon Dieu mon Dieu mon Dieu . .

Un jeune médecin entra dans la chambre, à peine plus âgé qu'elle. Il avait le visage avenant.

« Comment vous sentez-vous ?
- Qu'est-ce qu'il m'est arrivé ? »

Le jeune homme lui adressa un sourire apaisant.

« Bonjour Mademoiselle. Tout d'abord, permettez-moi de vous poser quelques questions de routine. Quel est votre nom ?
- Je m'appelle Hortense Leguen.
- Enchanté Hortense, je suis le Docteur Poulin. Puis-je également vous demander votre âge ? Et votre profession ?
- J'ai vingt-neuf ans. Et je suis musicienne. Violoniste, plus exactement.
- Très bien, fit-il en hochant la tête, les yeux sur ses notes.
- Qu'est-ce qu'il s'est passé ? »

Le visage du Docteur Poulin s'obscurcit.

« Justement, c'est aussi ma question. Vous souvenez-vous de ce qu'il vous est arrivé ?
- En partie seulement. J'ai perdu connaissance plusieurs fois. »

La voix tremblante, Hortense lui raconta le peu de choses dont elle se souvenait.

« Comment suis-je arrivée ici ? Et quand ?
- Hier à l'aube. Un agriculteur qui passait par la route est tombé sur votre voiture carbonisée, avant de vous apercevoir un peu plus loin. Il a d'abord cru que vous étiez décédée avant de constater que vous respiriez encore. Vous avez été laissée pour morte, et avez manqué de peu d'être brûlée vive. »

Hortense frissonna de tout son corps.

« Est-ce que tout va bien ? Je veux dire, est-ce que j'ai des séquelles ?
- En dehors des contusions et autres coupures, vous n'avez aucune fracture, et d'après nos premiers examens, vos organes n'ont pas subi de dommages. Cependant, nous souhaitons vous garder en observation jusqu'à demain matin. Nous avons encore quelques examens de pure forme à vous faire passer.
- Et vous aurez les résultats dans la foulée ? Je veux vraiment rentrer chez moi.

- Nous ne vous retiendrons pas longtemps. Nous aurons tous les résultats rapidement. Sauf un seul, qui mettra plusieurs semaines et qui demandera des prises de sang récurrentes.
- De quoi s'agit-il ?
- Du VIH. »

Le Docteur Poulain baissa rapidement les yeux pour ne pas voir ceux de sa patiente exorbités.

« Pour quoi faire ? Lâcha-t-elle d'une voix blanche.
- Il ne fait aucun doute que vous avez été violée, Mademoiselle Leguen. »

Hortense ne dit rien. Sous le choc, elle regarda le docteur d'un air affolé.

« Nous avons prélevé des échantillons ADN sur vous et les avons transmis à la police scientifique. Je suis profondément désolé. »

Hortense tenta de dire quelque chose. Elle bégaya et trembla. Le médecin recula doucement vers la porte.

« Je vais chercher vos parents. Ils sont dans le hall. Ils attendaient votre réveil. »

Pas de réaction. Un instant plus tard, Guy et Rose Leguen entrèrent livides dans la chambre d'hôpital. Leur fille fondit en larmes dans leurs bras.

*

« C'est l'heure du goûter ! cria Loïca.
- J'ai pas faim, répondit Hortense.
- On a fait un gâteau avec maman ! Allez descends ! »

A contre-coeur, Hortense quitta le fauteuil de sa chambre de jeune fille et descendit l'escalier en pierre de la grande maison où elle avait grandi. Depuis sa sortie de l'hôpital trois semaines plus tôt, Hortense dormait chez ses parents à Crovézéac.

Sa soeur aînée Loïca, agent immobilier à Rennes, s'était provisoirement réinstallée au domicile familial pour soutenir sa soeur qui, loin d'étinceler par son appétit de vivre en temps normal, n'était désormais plus que l'ombre d'elle-même. Ses parents, dévastés et inquiets, tentaient de faire bonne figure pour lui apporter le soutien moral nécéssaire.

Hortense hantait la maison plus qu'elle ne l'habitait. Elle n'était pas retournée dans son appartement depuis son agression. Elle n'avait pour ainsi dire pas été plus loin que le portail du jardin de ses parents, tenaillée entre la violence du traumatisme et la honte.

La honte, car son agression avait fait les gros titres de la presse locale. Contre sa volonté et celle de sa famille, l'information s'était répandue comme une trainée de poudre. *Une traînée d'essence ...* Cela faisait dix-sept dans que Guy Leguen, professeur de droit, se trouvait être le maire de Crovézéac. L'agression de la fille d'une figure notable des environs n'allait tout simplement pas passer inaperçue. Et Hortense en était mortifiée. *Tout le monde sait que j'ai été violée. C'est comme l'être une deuxième fois.*

Ses tortionnaires courraient toujours. La police n'avait encore arrêté aucun suspect. Personne n'avait jusqu'ici la moindre idée de l'identité de ces barbares. Et le cauchemar se s'arrêtait pas là. Le pire était de devoir attendre de longues semaines pour savoir si elle n'avait pas été infectée du Sida. Une double peine sous forme d'attente insoutenable.

De retour dans sa chambre, Hortense jeta un coup d'oeil à son tout nouveau téléphone. L'ancien avait dû bruler dans sa voiture avec ses effets personnels et son violon, si le tout n'avait pas été dérobé.

Loïca était allée lui racheter un téléphone et refaire la puce correspondante Hortense n'avait pas voulu se rendre en ville. Ni se racheter de téléphone. L'idée de communiquer avec le monde extérieur, après ce qu'elle avait vécu, lui semblait totalement absurde.

Le téléphone neuf était resté posé sur sa commode en mode silencieux depuis deux semaines sans qu'elle n'y touche. Elle se contentait de le regarder comme un curieux objet à chaque fois qu'elle regagnait son antre.

Un nom apparaissait régulièrement sur l'écran depuis tout ce temps. Les notifications provenant du même correspondant s'accumulaient dans une frénésie hystérique pour la joindre. Cinquante-sept textos, vingt-et-un appels manqués et quinze messages vocaux d'une seule et même personne. En ce même instant, comme s'il avait détecté la présence d'Hortense auprès de son téléphone, Oscar tenta à nouveau sa chance. Hortense se décida à décrocher mais ne dit rien.

« Hortense !? HORTENSE !!! hurla son ami.
- Ouais, c'est moi.
- Putain mais je me fais un sang d'encre !! T'es où ?
- Je ne suis pas chez moi.
- MAIS QUEL SCOOP ! Hortense, *j'habite* en face de chez toi ! Evidemment que tu n'y es pas, depuis des semaines !! Qu'est-ce qu'il se passe !?
- Je suis chez mes parents, à Crovézéac.
- Pourquoi t'es là-bas ? Pourquoi tu réponds pas ? Ça fait des semaines que je suis mort d'inquiétude ! »

Hortense se raidit douloureusement. Elle connaissait Oscar depuis des années, il était son seul véritable ami. Elle s'en voulut de l'avoir laissée dans cet état d'angoisse.

« Qu'est-ce qu'il se passe ? Il t'est arrivé quelque chose ?
- Tu lis pas les journaux ? fit Hortense d'une voix teintée d'aigreur.
- Les journaux !?...
- Oui, ou juste les gros titres. »

Un très long silence s'installa. Hortense ne perçut plus que la respiration de son ami. Peu à peu, cette respiration s'accéléra.

« Ne me dis pas que ... la fille qu'on a laissé pour morte ...
- C'est moi, oui, » conclut-elle.

Nouveau blanc. Oscar mit longtemps avant de pouvoir s'exprimer de nouveau.

« Je ne sais pas quoi dire ...
- Il n'y a rien à dire.
- Tu reviens quand ?
- Je ne sais pas. Je ne sais pas du tout. Je n'y ai pas pensé.
- Tu veux que j'arrose tes plantes avec ton double des clés ?
- Je m'en fous des plantes.
- Non, tu ne t'en fous pas.
- Comme tu veux.
- Donne-moi l'adresse de tes parents. Je vais venir te voir.
- Je ne suis pas en état. »

Elle raccrocha avant qu'il n'insiste. Elle ne voulait voir personne. *Plus jamais.*

*

Recroquevillée dans un fauteuil du salon, Hortense se laissait doucement hypnotiser par les flammes de la cheminée. Ses parents préparaient ensemble le dîner dans la cuisine. Avachie sur le canapé d'en face, ses pieds encore bottés sur la table basse, Loïca assouvissait sa frénésie de réseaux sociaux sur son portable après ses rendez-vous de la journée. Hortense n'était sur aucun réseau. Elle possédait simplement un site internet qui servait de vitrine pour ses prestations musicales, accompagné d'une adresse mail. Elle enviait parfois l'aisance de sa soeur pour tout ce qui était selfie, et autres partages de sa vie personnelle en ligne, mais ce n'était clairement pas son truc. *Et avec ça, je fais la une du journal. Quelle ironie*, pensa-t-elle en regardant sa soeur taper des commentaires avant d'éclater d'un grand rire rauque.

La sonnette du portail retentit.

« On attend quelqu'un ? demanda Loïca.
- Pas que je sache. Va voir. »

Rose Leguen avait devancé sa fille. Elle répondit à l'interphone.

« Oui ? Ah ? Oui bien sûr, entrez, dit-elle avant de raccrocher.
- C'est qui ? demanda Loïca.
- C'est pour toi Hortense, répondit Rose.
- Hein !?
- Oui, c'est Oscar. C'est ton ami dont tu m'as parlé non ? Ton voisin d'en face ?
- Ouais, soupira Hortense en allant vers la porte. Je lui avais dit de pas venir.
- C'est gentil de sa part, riposta sa mère. Sois aimable, un petit peu.
- Ouais. »

La Golf d'Oscar s'avança sur la longue allée de graviers avant de s'arrêter devant la fontaine. Hortense resta devant la porte pour lui ouvrir au dernier moment. Et Oscar entra en même temps qu'une gifle de froid glacial.

« Enfin, » s'exclama-t-il en voyant Hortense et la serrant brièvement dans ses bras.

Par curiosité, Rose et Loïca Leguen étaient restées dans le vestibule, histoire de voir à quoi pouvait bien ressembler le seul ami d'Hortense. Et quelle ne fut pas leur stupéfaction.

« Bonjour Mesdames, vous devez être la maman d'Hortense ? »

Rose Leguen eut besoin d'un temps d'adaptation. Sa fille aînée aussi. Ayant vu grandir et évoluer Hortense, fille timide et solitaire, mal à l'aise en société et peu expansive, *carrément coincée* selon Loïca, elles s'étaient imaginé un Oscar sous forme de grand coton tige myope à la coupe au bol et aux oreilles décollées, la chemise boutonnée jusqu'en haut du front, le pantalon en velours remonté jusqu'à la poitrine, hissé par des bretelles avec un ourlet trop court à la cheville, rougissant et balbutiant.

Elles furent ahuries de se trouver face à un jeune homme vêtu d'un jean noir déchiré et d'une veste en cuir négligemment jetée sur un tee-shirt indéfinissable, de longs cheveux corbeau ramenés en chignon sur sa nuque, deux piercings à l'oreille gauche, l'oeil espiègle et le sourire étincelant.

« Oui, dit finalement Rose en lui serrant la main. Je suis ravie de vous rencontrer. Hortense m'a tellement parlé de vous.
- Et vous devez être sa soeur, Loïca. »

Loïca n'avait toujours pas fermé la bouche.

« Oui, dit-elle. Enchantée, Oscar. Tu peux me tutoyer. C'est marrant, je t'imaginais pas comme ça.
- Ah bon ?
- Nous allions passer à table, intervint Rose, restez dîner avec nous, ça nous ferait plaisir.

- C'est gentil de votre part mais je ne voulais pas vous déranger, je ...
- Si si j'insiste ! Loïca, rajoute un couvert dans la salle à manger s'il te plait. »

Lorsqu'il ne resta plus qu'eux dans le vestibule, Oscar sourit à Hortense.

« Je t'avais dit que ce n'était pas la peine de venir, dit-elle sur un ton de reproche.
- Oui, tu m'a aussi dit de ne pas sauver tes plantes, et là non plus, je n'ai pas écouté. »

Le dîner terminé, Hortense enfila un manteau informe de son père et sortit partager une cigarette avec Oscar sur le perron. La soirée l'avait fatiguée. La famille Leguen, manifestement séduite par les manières et la gentillesse d'Oscar, n'avait cessé de l'assaillir de questions sur sa vie personnelle et sa société d'événementiel. Oscar était promoteur de soirées à travers la région. Loïca avait failli s'étouffer lorsqu'elle avait appris qu'Hortense avait accompagné plus d'une fois au violon différents DJs, dont certains renommés, lors de soirées réputées. *Ma parole mais tu as une double vie ! Et je n'étais même pas invitée !?*

« Ils t'ont adopté, maugréa Hortense en s'asseyant sur une marche en pierre glaciale.
- Et toi tu n'as pas dit un mot du dîner.
- J'ai pas envie de parler. Ils ont parlé à ma place.
- Je ne savais pas que ta soeur te ressemblait autant.
- C'est ma version branchée et fêtarde.
- J'avais deviné. Mais c'est toi la plus jolie. »

Hortense bredouilla un remerciement en fixant le regard sur ses bottes fourrées, exhalant la fumée de la cigarette qu'elle rendit à Oscar.

« Il faut vite que tu reviennes mettre le bordel dans le quartier, dit-il gentiment.
- On verra. Je ne suis pas prête pour l'instant.

- Je comprends. »

La voiture d'Oscar fit crisser les graviers et disparut dans la nuit noire.
« Quel garçon charmant ! s'exclama Rose, faisant sursauter Hortense restée campée dans le hall.
- N'arrive pas comme ça derrière moi, tu m'as fait peur.
- Pardon ma chérie, je n'ai pas fait attention.
- C'est pas grave, c'est passé.
- Il est gentil, bien élevé ... Et intelligent avec ça. Quel esprit !
- Quitte à n'avoir qu'un seul ami, autant bien le choisir.
- Il est le bienvenu ici en tout cas.
- C'est gentil, merci maman. Je vais me coucher.
- Tu veux un cachet pour dormir ?
- Non, merci.
- Tu vas réussir à dormir ?
- Je ne pense pas. Bonne nuit maman. »

*

Une Mini, semblable à celle d'Hortense, pénétra la propriété et roula jusqu'à la maison.
« C'est qui ? demanda Hortense.
- Tu vas bien voir ! » répondit sa mère avec enthousiasme.

Hortense enfila son manteau et sortit sous un ciel lourd de nuages laiteux. Son père et sa soeur sortirent de la voiture, sourires aux lèvres.
« C'est à qui cette voiture ? demanda Hortense.
- C'est à toi ! annonça Loïca. Alors ? T'en penses quoi ? »

Hortense fixa son père d'un air perplexe tandis qu'il avançait vers elle et lui tendait la clé de la voiture.

« Mais enfin ...
- Cadeau ! dit fièrement Guy.
- Mais tu n'aurais pas dû tu es fou ...
- Mais non, c'est mon copain concessionnaire qui me l'a trouvée d'occasion, il m'a fait un prix intéressant.
- Oui mais quand même ...
- Ouvre le coffre maintenant, dit sa soeur.
- Le coffre ?
- Oui ! Allez ! »

Hortense descendit les marches, fit le tour de la voiture à la carrosserie reluisante et appuya sur la commande d'ouverture du coffre. Il n'y avait qu'une seule chose à l'intérieur. Un étui neuf.

« C'est pas vrai, prononça Hortense d'une voix émue.
- Ton nouveau violon ! applaudit Rose. Tu es contente !? »

Hortense était secouée. Elle entendait sa famille comme derrière un voile. *Tu vas pouvoir aller partout* ... La dernière fois qu'elle s'était trouvée avec un violon dans le coffre d'une Mini, les choses avaient mal tourné. *Retourner jouer enfin !* Un flash, et elle revit les trois silhouettes devant elle, qui fondirent pour devenir ses parents et sa soeur. *C'est un nouveau départ.* Des oeufs qui s'écrasaient sur son pare-brise. Une odeur d'essence. Le couperet du Sida. *Tant de possibilités !*

Hortense n'avait qu'une certitude.

Elle ne conduirait plus jamais seule.

*

A chaque réveil, elle se retrouvait allongée sur l'herbe sous la pluie et l'essence. Dans le meilleur des cas, elle croyait se réveiller à l'hôpital. Et à chaque fois, elle se mettait à crier et réveillait sa soeur et ses parents. Persuadée d'être un fardeau pour sa famille et malgré les protestations de ses parents, ce jour-là, Hortense rentra chez elle.

Elle n'avait pas changé d'avis. Faire la route seule restait hors de question, ne serait-ce que les vingts kilomètres séparant son domicile de celui de ses parents, même en plein jour. Loïca roula avec sa voiture derrière la nouvelle Mini d'Hortense jusqu'à Sauvignac, sans la quitter d'une ombre, quitte à la coller de trop près. Hortense entra dans son garage privé contigu à la maison sur deux étages divisée en quatre appartements. Loïca se gara le long de la rue résidentielle déserte puis accompagna sa soeur à l'intérieur de son appartement où rien n'avait bougé.

Le salon avait été aéré, les plantes étaient encore vivantes, et le courrier posé sur le bar de la cuisine ouverte. Le petit coin de jardin s'agitait paisiblement au gré du vent.

« C'est impeccable chez toi. Tu verrais le bordel dans mon appart, plaisanta Loïca.
- Je m'en doute. Mais je n'y suis pour rien. C'était déjà rangé. Oscar a dû aérer. Il a un double de mes clés depuis longtemps, au cas où.
- Tu as bien de la chance de l'avoir dans la poche, celui-là.
- Ouais, répondit Hortense sans enthousiasme.
- Il a l'air de bien t'aimer tu sais, dit Loïca avec douceur. J'ai remarqué.
- Ouais, grogna sa soeur.
- Et maman ! Ah ah ! Elle est carrément tombée sous son charme de *bad boy* ! Maman quoi ! Qui aurait cru ! »

En temps normal, Hortense aurait rougi jusqu'aux oreilles et regardé par terre. A la place, elle s'exprima d'une voix pleine de colère froide.

« Sans doute. Mais j'ai peut-être attrapé le Sida. Alors tu sais, Oscar ou un autre, je n'aurais jamais personne dans ma vie. »

Consternée, Loïca tenta de retenir ses larmes. La détresse de sa petite soeur lui fendait le coeur, et elle avait peur pour elle, tremblait autant qu'elle à l'idée sinistre du verdict qui finirait par tomber. Avant qu'Hortense ne s'aperçoive de ses yeux mouillés, Loïca serra sa soeur dans ses bras.

Lorsqu'elle s'écarta, elle s'empressa de rabaisser les lunettes de soleil purement décoratives sur ses yeux.

« Je file, dit-elle d'une voix trop fragile à son goût. Moi aussi je rentre chez moi. Tu m'appelles à n'importe quel moment, jour et nuit, si tu as besoin de moi. Promis ?
- Promis. Merci Loïca. »

Moins d'une minute plus tard, la voiture de sa soeur disparaissait au bout de la rue. Le jour baissait. Et Hortense affronta la véritable solitude pour la toute première fois.

*

Les sollicitations professionnelles s'accumulaient dans sa boîte mail. Des réceptions en tous genres pour lesquelles un fond de violon était requis. Et de nombreuses relances d'Oscar pour l'un de ses clients organisant un cocktail pour son entreprise Rennaise.

Hortense n'y répondait pas. Elle les laissait s'accumuler pour mieux se replier sur elle-même, inexorablement. La seule chose dont elle s'occupait depuis ces longues semaines d'automne austères était l'entretien de son intérieur. Elle se levait, mangeait, se douchait, faisait un brin de ménage, recevait une visite d'Oscar, dînait, et allait se coucher le soir en ayant pensé au Sida toute la journée. Les jours étaient rythmés par les coups de téléphones quotidiens de ses parents et sa soeur qui la contactaient à tour de rôle. Et la nuit, les flashes de ce soir atroce lui revenaient. Le moindre bruit inhabituel lui provoquait des sueurs froides et des crises de tétanie.

Elle n'était sortie que deux fois depuis que Loïca l'avait raccompagnée chez elle, pour aller à l'hypermarché situé à quelques kilomètres de Sauvignac, chaque fois conduite par Oscar pour ne pas avoir à se trouver seule au volant.

Malgré les protestations d'Hortense, sa mère s'occupait du reste du ravitaillement de sa fille recroquevillée, lui apportant à l'improviste des tupperwares de plats maison deux à trois fois par semaine. Chaque fois qu'elle se rendait chez sa fille, Rose insistait pour la ramener à la maison avec elle, le temps qu'elle se remette, et se heurtait à un refus buté.

« Ce n'est pas bon que tu sois seule toute la journée, avait plaidé Rose lors de sa dernière visite.
- Je ne suis pas seule. Oscar passe une fois par jour pour voir si tout va bien.
- Oui je sais. Il nous l'a dit.
- Comment ça ?
- Nous lui avons donné nos numéros en cas d'urgence, ton père, ta soeur et moi. Il nous téléphone régulièrement pour nous dire comment tu vas.
- J'ai une taupe dans mon entourage, génial. »

*

On sonna à la porte après l'heure du dîner. Il faisait nuit et la rue était mal éclairée. Hortense avait beau savoir que cela ne pouvait être qu'Oscar, elle ne put s'empêcher de faire un bond sur le canapé comme son cœur frappait dans sa poitrine, jusqu'à ce qu'elle arrive à la porte d'entrée.

« C'est moi, annonça Oscar derrière la porte.
- Entre.
- Je veux bien. Si tu m'ouvres. »

Depuis qu'elle était rentrée chez elle, elle s'enfermait à double tour et rabattait chaque verrou supplémentaire. Encore quelques semaines plus tôt, elle ne se contentait que de claquer la porte, et de penser à tourner la clé juste avant d'aller dormir.

Oscar entra et se laissa tomber sur le gros fauteuil du salon avec un bruit de papier froissé. Il sortit de son blouson un gros sachet de Malthesers qu'il tendit à son amie.

« Tes préférés. Je les ai pris en route.
- C'est gentil, dit-elle en reprenant sa place sur le canapé avant de se relever aussitôt. Tu veux une bière ?
- Non, pas ce soir merci, je suis crevé. C'est quoi ce film ?
- Je sais pas. Je regardais pas vraiment.
- Super tes soirées. »

Hortense haussa les épaules.

« Tu as pris une décision pour mon client ?
- Quel client ?
- Le mec dont je t'ai parlé, à Rennes. Le cocktail d'entreprise dans dix jours. Il veut un violoniste pour faire classe.
- Non, je ne vais pas pouvoir. Trouve quelqu'un d'autre.
- Pourquoi tu peux pas ? T'as mieux à faire peut-être ?
- Je n'irai pas, s'obstina son amie.
- Je vais avoir besoin d'une explication, je ne peux pas, c'est pas une réponse. Ça va pour

un client mais pas pour un ami. Qu'est-ce qu'il se passe ? »

Hortense leva le menton et lui fit les gros yeux. Un regard noir qu'il ne lui avait vu qu'une fois ou deux au fil des années.

« Tu sais très bien de quoi je parle.
- Non je ne vois pas. Tu n'as jamais refusé de jouer où que ce soit pour qui que ce soit sans donner une explication.
- Je n'irai plus jamais sur la route seule. La voilà ton explication. Ça te va, Monsieur le petit flic de l'événementiel ? »

Oscar resta sonné quelques secondes. Le sarcasme ne faisait pas partie de l'attirail pourtant peu avenant de sa voisine d'en face.

« Non mais attends une seconde. Okay la saison des mariages est terminée, mais rassure-moi : tu reçois des demandes pour d'autres évènements ? Pas seulement ce que je t'envoie pour mes clients ?
- Oui ma boîte mail est prête à exploser.
- Comme toujours. Mais comme toujours, tu acceptes les contrats ?
- Je n'ouvre pas les mails.
- Pardon ?
- Je ne réponds pas. »

Oscar se redressa dans le fauteuil et croisa ses mains entre ses genoux.

« Tu te fous de ma gueule ?
- Non. Je ne conduirai plus jamais seule.
- Hortense, ma puce, je comprends bien que tu sois traumatisée. Mais il va falloir que tu te remettes sur les rails à un moment donné. Au moins, tu as un nouveau violon, tu peux toujours reprendre la musique de chez toi en attendant que tu te sentes prête.
- Je ne joue plus au violon.
- Mais ... tes parents t'en ont offert un neuf, il est où ?

- Dans le placard. Je n'y ai pas touché.
- Tu sais que tu vas finir par tout perdre si tu continues comme ça ?
- Je m'en fous.
- Tu t'en fous ?
- J'ai déjà tout perdu. »

Il se leva.

« Non mais qu'est-ce qu'il faut pas entendre comme conneries !? Tu as vécu une horreur, Hortense, un vrai chaos. Je me doute qu'une petite part de toi est morte cette nuit-là, qu'on ne peut pas redevenir comme avant après un truc pareil. C'est pas possible. Ce qui est possible, en revanche, c'est de persévérer. Tu crois que tu n'as plus rien à perdre ? Sérieusement !? Ton appartement ? La musique ? Un travail qui te passionne ? Tu sais combien de personnes ont un travail qui les intéressent ? Tu es en bonne santé, tu as une famille qui t'aime, tu m'as moi. Et tu t'en tapes ?

- Tout à fait.
- Je ne te reconnais pas, Hortense. Vraiment. Tu me déçois beaucoup.
- C'est bien, comme ça on est deux, fit-elle en se levant.
- Qu'est-ce que ça veut dire ?
- Ça veut dire que j'en ai ma claque de tes leçons ! Tu te permets de venir chez moi me dire ce que je dois faire, que je dois te faire confiance et bla-bla-bla je suis ton ami et derrière tu caftes toute ma vie à mes parents et à ma soeur !
- Mais enfin, ta famille s'inquiète pour toi, tu …
- Oh mais je sais que tu leur fais des petits rapports réguliers.
- Parce que tu ne leur dis pas un mot quand ta mère passe de voir ou quand ta soeur t'appelle ! Ils comptent sur moi pour savoir comment tu vas vraiment. Et tu vas me blâmer pour ça !?

- Parfaitement. » dit-elle en lui tournant le dos et s'engageant dans les escaliers pour aller dans sa chambre. « Tu claqueras la porte en sortant », lança-t-elle, furieuse.
- C'est ça, bonsoir ! »

Hortense entendit la porte claquer lorsqu'elle fut sur le palier. Malgré son humeur et sa sortie dramatique, elle redescendit en vitesse pour tourner tous les verrous.

*

Hortense traversa timidement la rue éclairée par les réverbères. Un fin crachin brillait sur l'asphalte. Elle marcha jusqu'à chez Oscar. Elle avait accepté son invitation à dîner après deux semaines de brouille. Elle avait lissé ses cheveux pour l'occasion, pour la première fois depuis le soir fatal. Ils couraient le long de son dos à l'air libre. Plus tôt dans la journée, elle avait marché en plein jour jusqu'à l'épicerie fine se trouvant à deux rues de chez elle et y avait acheté une bouteille de Champagne rosé, celui qu'il préférait.

Oscar lui ouvrit la porte avant même qu'elle n'ait à sonner.

« Je suis venue en paix, dit-elle en lui tendant la bouteille.
- Entre.
- Ça sent bon. »

Le couvert était dressé, et de petits soufflés au fromage venaient de sortir du four pour l'apéritif.

« Tout ça !?
- Tu n'as encore rien vu, j'ai fait un boeuf Bourguignon. J'ai vu large, c'est quand même ta première sortie. »

Elle n'avait pas faim la minute précédente. A présent c'était une autre histoire.

« Encore une part ? »
Oscar saisit la pelle à tarte en attendant la réponse, et la fit planer, menaçante, au-dessus du cheesecake maison. Mais après les gougères, le plat principal, le fromage accompagné de salade et deux parts de gâteau, Hortense était arrivée à satiété depuis longtemps.
« Non merci.
- Champagne pour la digestion alors ?
- Ça oui !
- Là je te retrouve » s'exclama Oscar en se levant.

Il remplit à nouveau leurs coupes mais ne vint pas se rassoir.

« J'ai une surprise pour toi, dit-il. Je vais la chercher. »

Il disparut dans la cuisine et Hortense l'entendit ouvrir la porte communiquant avec le garage. Elle entendit un bruit d'emballages et d'objets qui tombaient. *Qu'est-ce qu'il fout ?* Au bruit de la porte qui claqua et du raffut dans la cuisine, Oscar devait traîner un objet lourd. Elle entendit quelque chose chuter au passage, probablement une casserole.

« Mais c'est quoi ton truc !? Tu veux de l'aide ? cria-t-elle.
- Non, ça va, clama-t-il joyeusement depuis la cuisine. J'ai eu l'idée en parlant avec une copine qui importe et revend toutes sortes de produits japonais sur internet. Je l'ai fait faire sur mesure. Ça va te changer la vie ! »

Oscar apparut dans le salon, hirsute et excité, tenant à bout de bras un emballage argenté informe plus grand que lui qui semblait peser une vingtaine de kilos. Les yeux d'Hortense s'agrandirent.

« On dirait un cadavre emballé.
- Attends, attends ! Tu vas voir ! »

Oscar plia, ou plutôt *assit* l'énorme emballage sur un fauteuil en cuir du salon. Essoufflé et transpirant, il adressa un sourire fier à son amie.

« Allez, ouvre-le ! »

Hortense se leva, intriguée par le plus gros cadeau qu'elle n'eut jamais eu à déballer. De mémoire, le plus gros paquet cadeau qu'elle ait ouvert jusqu'ici était une cuisinière en bois aussi haute qu'elle le jour de ses sept ans. Curieuse, elle attaqua l'emballage par le haut. Ses doigts de musicienne longs et fins déchirèrent le papier au sommet de la chose d'un coup sec. Elle poussa aussitôt un cri en s'écartant.

« N'aie pas peur ! dit Oscar en riant.
- Mais c'est ... c'est ... »

C'était une tête. Un visage d'homme aux yeux ouverts inanimés. Hortense fut prise d'un fou rire nerveux suite à sa frayeur.

« Oscar ... Qu'est-ce que c'est que ce délire !?
- Il s'appelle Ryan.
- Pardon ?
- Attends, je vais t'aider. »

Impatient, Oscar arracha le reste du papier. C'était un homme artificiel, chauve et terrifiant de réalisme. Son visage massif était figé dans une expression peu avenante, presque hostile. Des épaules carrées, une silhouette épaisse, gainée de faux muscles. La silhouette était toute habillée de noir, un simple sweat-shirt, un pantalon informe et une paire de baskets sans marque.

« C'est du silicone, dit Oscar.
- Et c'est pour quoi faire ? C'est quoi le ... le concept ? »

Depuis qu'elle avait commencé à déchirer le papier, Hortense avançait en funambule entre l'anxiété, la perplexité et le fou rire. Oscar était manifestement très content de lui.

« C'est ton passager.
- Mon quoi ?
- Ryan est ton faux passager.
- Arrête de l'appeler Ryan, c'est un mannequin en plastique.
- Non, c'est bien plus que ça. C'est ta liberté ! Tu le positionnes sur le siège passager quand tu prends le volant et c'est tout de suite dissuasif. Les fils de chiens qui suivent les conductrices sont des lâches. Ils s'en prennent surtout à des femmes seules. Là ce n'est plus le cas, du moins en apparence. De loin, on est persuadé que tu es avec un mec baraqué dans la voiture. Et tu n'auras plus aucun problème, crois moi. Aucun type un peu louche n'osera te demander quelle heure il est en baissant sa vitre à un feu rouge. La liberté je te dis. »

Hortense se rassit pour boire quelques gorgées d'alcool, pensive. Oscar devina le doute à la façon dont elle plissait les yeux.

« Qu'est-ce que tu en penses ? Tu vas pouvoir retravailler ?
- Oui euh ... Mais ... Enfin je ne vais quand même pas sortir avec ... avec *ça* !
- Je t'accorde que c'est bizarre, oui, reconnut Oscar. Mais il faut bien que tu surmontes ta peur de prendre le volant seule. Et en parlant avec ma pote de ce qui se faisait comme imitations d'êtres humains très réalistes au Japon, je me suis dit que c'était peut-être un début de solution. Alors j'avoue que c'est tordu. Mais pour autant, c'est quand même pratique.
- En effet c'est tordu. C'était le mot que je cherchais, merci. Et j'en fais quoi après m'en être servie ? demanda-t-elle au bord du fou rire. On peut le dégonfler ?

- Le dégonfler, non, tu peux juste le plier, le compresser un peu, regarde. »

Joignant le geste à la parole, Oscar appuya sur le torse de l'homme en silicone qui se déforma légèrement.

« Comme ça tu peux le ranger dans le coffre.
- Oui enfin ça va faire encore plus bizarre que bizarre.
- Essaye au moins au lieu de critiquer. »

Oscar plia le mannequin en deux, tête entre les genoux et s'assis sur son dos pour l'aplatir. L'homme artificiel s'affaissa de quelques centimètres sous le poids d'Oscar.

Hortense ne fut plus en mesure de retenir son fou rire nerveux.

*

Elle referma son frigo presque vide. Son dernier ravitaillement au supermarché datait de trois semaines. Un grand soleil pâle illuminait l'appartement. Hortense débrancha son portable qui rechargeait sur le comptoir de la cuisine.

« Allô ?
- Oscar, c'est moi, ça va ?
- Ouais et toi ? Je peux te rappeler en fin d'après-midi ? Je suis submergé au bureau.
- Non attends deux secondes ! Tu pourras m'accompagner faire mes courses tout à l'heure ?
- J'ai pas temps aujourd'hui, j'enchaîne les rendez-vous.
- Ce soir alors ?
- J'ai un événement. Utilise Ryan. Je te l'ai offert pour ça.
- S'il te plaît, supplia-t-elle.

- Je peux pas. Et même si je pouvais, je n'irais pas. Ce n'est pas te rendre service. On se parle plus tard. Ça va aller ? »

Elle lui raccrocha au nez. *Quel égoïste !* Elle se retourna vers le frigo, l'ouvrit de nouveau et jeta un oeil consterné au flacon de sauce barbecue à demi vide qui côtoyait un oeuf, deux yaourts au chocolat, une pomme, une canette d'Orangina et une ultime bouteille de lait prêt à tourner. *Je n'ai vraiment pas le choix.*

Elle réfléchit un instant. *Est-ce vraiment une bonne idée ?* Elle ouvrit la porte communicante au garage où dormait sa nouvelle voiture. Le truc était là, assis sur une chaise de jardin, recouvert d'une bâche. Elle s'avança et retira la bâche. Ryan regardait à travers elle avec ses yeux noirs, la mine en silicone peu engageante. *C'est vrai qu'il fait peur.* Elle hésita, debout devant lui, tenant la bâche à bout de bras. *Quand même, c'est ridicule. Qui fait des choses pareilles ?* Elle leva les yeux sur l'horloge fixée au mur du garage. Il fallait qu'elle se dépêche pour éviter l'heure de pointe, et être rentrée avant que le jour ne tombe. *Si j'attends trop longtemps c'est foutu pour aujourd'hui.* Elle pensa à son frigo vide.

« Quand faut y aller, faut y aller ... », dit-elle tout haut.

Elle rentra chercher son sac à main et enfila son manteau. A contre-coeur, elle entreprit de hisser Ryan sur le siège passager. Il était un peu lourd, mais malléable. Elle lui attacha sa ceinture avec un soupir de dépit. Installée à son tour, elle sortit du garage en marche arrière et referma la porte automatique.

Elle quitta sa rue tranquille, traversa les deux blocs déserts de la zone résidentielle, puis s'inséra dans le trafic dès le premier rond-point, les mains un peu moites et tremblantes. Il y avait quelques voitures. Elle jeta des coups d'oeil nerveux aux autres conducteurs, puis à Ryan, puis à la route et recommença. Si quelqu'un se rendait compte de la supercherie, elle serait mortifiée de honte. Mais pour l'instant, personne ne prêtait attention à elle, ni à son étrange passager. *Les gens ont autre chose à faire de leur vie que de regarder ce qu'il se passe dans les voitures des autres.*

La Mini pénétra le parking à moitié vide devant l'hypermarché. Le trajet avait été rapide. Un peu pénible et nerveux, mais rapide. Elle se gara à l'écart du peu de véhicules stationnés devant les grandes portes automatiques et défit sa ceinture. Elle jeta un regard consterné à Ryan avant de sortir et verrouiller la voiture.

Hortense poussait son caddie fourni entre les rayons presque déserts. Elle s'arrêta au rayon presse et feuilleta tranquillement quelques magazines avant de les empiler dans le charriot. Elle prit son temps. Il faisait encore jour dehors. Lorsqu'elle quitta le rayon, elle s'arrêta net. Elle sentit sa gorge se serrer. Le nez lui piquait, et les larmes montèrent.

Plantée devant le rayon des jouets, elle se démena pour ne pas pleurer. Les peluches semblaient la regarder avec pitié, et lui murmurer des choses. *Avec le Sida, tu ne te marieras sans doute jamais. Tu l'as sûrement attrapé. Tu peux dire adieu à toute envie de fonder une famille. Qui va vouloir de toi ? Tu vas être seule à vie. Seeeeuuuuuule ...*

« Mademoiselle ? Tout va bien ? »

Hortense étouffa un sanglot et hocha la tête à l'attention de l'employée du magasin qui, elle aussi, la regardait avec pitié. Hortense la remercia et marcha vers les caisses d'un pas vif, gorgé de colère, avec son caddie. *Je fais pitié. A tout le monde. Et j'ai horreur de ça.*

Elle jeta ses sacs de commissions dans le coffre. Une femme passa en tenant un enfant par la main et toisa d'un air dédaigneux l'habitacle de la Mini en passant devant Ryan. Avec la colère, Hortense l'avait oublié. *Pas foutu de bouger son gros cul pour sortir aider sa femme*, disaient les yeux de l'inconnue qui s'éloigna.

Hortense conduisit jusqu'à chez elle sans même y penser.

Une fois le moteur coupé dans le garage, avant de claquer la portière, elle se pencha vers l'homme-objet inerte qui fixait le mur de briques blanches devant lui avec méchanceté.

« Bon travail », souffla Hortense.

Elle claqua la porte et alla ouvrir le coffre pour hisser les gros sacs contenant au moins trois semaines de nourriture. Elle leva les yeux au ciel sur ce qu'était devenue sa vie.

*

Elle avait espéré faire le trajet avant la tombée de la nuit. C'était raté. Le temps de charger les cadeaux dans le coffre et de réinstaller Ryan sur le siège passager après s'être préparée pour le réveillon, il faisait déjà presque nuit. Elle connaissait par coeur le trajet de vingt kilomètres, elle avait son faux passager, mais elle aurait préféré voyager de jour.

Elle n'avait pas repris le volant depuis son dernier plein à l'hypermarché lorsqu'elle avait pleuré aux rayon des jouets. Elle avait acheté tous ses cadeaux de Noël chez les commerçants chez qui elle pouvait se rendre à pied, à la librairie la plus proche, au magasin de spiritueux pour son père, chez un artisan céramiste pour sa mère, et pour Loïca, elle avait tout commandé sur internet.

Le trajet se passa sans incident, sans regards de travers, sans voitures qui la serraient de près. *Que veux-tu qu'il arrive, en fait ? C'est arrivé une fois. Ça tombe au moment où on ne s'y attend pas, lorsque l'on n'y est pas préparé, et ça ne revient pas. Et là on se dit si j'avais su. Et c'est toujours trop tard. Les précautions, on les prend trop tard.*

Elle passa le portail et pénétra dans la propriété. Ses parents, suivis de Loïca, sortirent sur le perron tandis qu'elle coupait le moteur. Le lampadaire extérieur éclairait leurs visages mi perplexes mi amusés. Hortense fit le tour de la Mini pour décharger le coffre.

« Qu'est-ce que vous avez ? Vous faites des têtes bizarres, dit-elle en franchissant les marches les bras chargés de sacs.
- Tu nous présentes pas ton ami ? demanda Loïca.
- Tu ne nous avais pas prévenus que tu viendrais accompagnée, dit sa mère avec une pointe d'espoir.
- Oui, c'est une bonne surprise, ajouta son père. Pourquoi il reste dans la voiture ?
- Euh … en fait, c'est pas une personne. C'est un mannequin en plastique. Si j'avais voulu inviter quelqu'un, je ne l'aurais pas embarqué à l'improviste en effet, j'ai encore une éducation.
- C'est quoi ce délire ? » dit Loïca, fascinée, en avançant vers la voiture, imitée de ses deux parents.

Tous trois se penchèrent vers la vitre latérale et à travers le pare-prise pour dévisager le simulacre d'être humain installé à l'intérieur.

« La vache ! dit Loïca. C'est super bien fait !

- On dirait vraiment une vraie personne, commenta Guy Leguen.
- Mais pourquoi tu as ça dans ta voiture ? Tu as acheté ça où ? demanda Rose à sa fille.
- Ça vient du Japon, parait-il, c'est Oscar qui me l'a offert pour que je puisse de nouveau conduire en laissant croire que je ne suis pas seule dans la voiture. Un genre de leurre, sauf que le but, c'est de ne pas me faire attraper.
- C'est une idée interessante, convint son père.
- Mais ... dit Loïca, tu vas le laisser comme ça sur le siège passager jusqu'à demain ?
- Oui pourquoi ?
- Ben je sais pas, fit sa soeur avec un petit rire nerveux. C'est un peu flippant de voir ce faux mec assis à l'intérieur de la voiture toute la nuit, non ?
- Bon, s'énerva Hortense, si ça te gêne, je vais le mettre dans le coffre ! »

Hortense tendit ses sacs à Loïca et se dirigea d'un pas irrité vers la voiture. Elle détacha Ryan et l'entoura de ses bras pour l'extraire du véhicule.

« Tu as besoin d'aide, demande Guy ?
- Non, non ça va, c'est bon ! »

Elle ceintura la taille opulente de l'homme en plastique lourd et le porta jusqu'au coffre, les chevilles trainant sur les graviers. Elle le hissa à l'intérieur, le plia en deux et referma le coffre sur lui. Elle se frotta les mains, les joues rouges, un peu essoufflée.

« C'est bon maintenant ? On peut passer à autre chose ?
- Oui allez, il fait froid, rentrons » dit Rose.

Les oncles, tantes, cousins et cousines arrivèrent par petits groupes et investirent la maison. Tout le monde passa à table dans une ambiance joyeuse et de délicieuses odeurs de sauces tandis que le vent se levait au dehors.

Un fois tout le monde parti, Loïca et Hortense montèrent au premier étage et se souhaitèrent bonne nuit devant leurs chambres respectives. Hortense sentit qu'elle s'endormait sans difficulté. Personne n'avait évoqué son agression durant la soirée. Elle se doutait que ses parents avaient dû interdire ce sujet de conversation au reste de sa famille. *Ils ont bien fait.*
Alors qu'elle sombrait dans un sommeil paisible, elle sursauta. Elle se redressa et tendit l'oreille. C'était comme si on avait mis des coups sur la carrosserie d'une voiture. Elle mit cela sur le compte du vent et s'endormit aussitôt.

*

« Tu es sûre que tu ne veux pas rester encore une nuit ? insista Rose.
- Non maman, je te l'ai déjà dit, je préfère partir tant qu'il fait jour. Loïca aussi rentre à Rennes.
- Comme vous voulez, les filles. »
Loïca sortit de la maison avec son sac de voyage rempli de cadeaux à l'épaule, elle portait des lunettes de soleil sur sa gueule de bois et avait desserré sa ceinture après le déjeuner de Noël.
« Si je ne pars pas maintenant, je vais dormir jusqu'à après-demain », annonça cette dernière.
Hortense ouvrit le coffre de la Mini et déplia Ryan sous le regard perplexe de sa famille. Elle traina le mastodonte hors du coffre et un violent coup de vent fit se soulever et se tordre les jambes du mannequin dans une position qui n'aurait pas été tenable pour un être humain. A

voir cet homme de plastique malmené par le vent dans les bras menus de sa soeur, Loïca explosa d'un grand rire éraillé. Guy, qui avait jusqu'ici contenu son hilarité la laissa s'échapper et rejoindre celle de sa fille aînée. puis ce fut au tour de Rose de se plier en deux, des larmes dans les yeux.

Hortense leur adressa des regards noirs et leur tourna le dos pour installer Ryan et lui attacher sa ceinture. Lorsqu'elle se retourna vers sa famille, elle éclata de rire à son tour. Elle rit avec eux, jusqu'à en avoir une crampe au ventre. Elle avait oublié ce que c'était, de rire franchement, sans que cela ne soit nerveux, à quel point c'était agréable, libérateur. Elle n'en avait pas eu l'occasion depuis son agression.

Elle s'arrêta à la station essence à mi-chemin de Sauvignac. Elle paya au comptoir de la boutique en jetant un oeil à Ryan de loin. Il y avait peu de monde, et le peu de clients qui passaient devant sa Mini ne semblaient pas y prêter attention. Hortense acheta un Kit-Kat et un paquet de chewing-gum et ressortit de la boutique.

Elle redémarra et tourna à l'angle du local où trois hommes fumaient en buvant des gobelets de café. Elle passa devant eux en prenant son élan pour accélérer et sortir de la station. *Merde ! Ma ceinture !* Elle entendit les hommes rire, ralentit, et se contorsionna pour attacher sa ceinture. C'était elle qu'ils regardaient. Ou Ryan. Son coeur battit plus fort.

« C'est quoi cette baltringue là ah ah !
- Il se fait conduire par une gonzesse !
- Il a aucun respect pour lui-même !
- Il fait pipi assis tu crois ? »

Merde merde merde. Ils vont se rendre compte que je suis seule. Hortense accéléra plus que de raison, s'engagea dans la bretelle d'insertion et se faufila à toute vitesse dans la circulation. Au bout de deux minutes, après avoir plusieurs fois consulté son rétroviseur, elle s'autorisa à respirer de nouveau.

Non, non, ils ne se sont aperçu de rien. Ils ont vraiment cru à une vraie personne. Quel cerveau tordu à part le sien irait imaginer un truc pareil ?

C'était même pas mon idée, en plus.

*

Hortense avait longtemps redouté ce jour de janvier. Le froid mordait dehors. Un coup de klaxon retentit dans sa rue alors que la pluie commençait à tomber. Elle se précipita dans son garage pour récupérer son parapluie et sursauta. Ryan était assis sur le fauteuil de jardin. La bâche qui le recouvrait avait glissé. C'était comme s'il l'observait, qu'il était resté là, à attendre sa visite. Elle se hâta de récupérer son parapluie et referma le garage.

Elle saisit son manteau, ferma à clé et monta dans la voiture de sa mère. Sa soeur était installée à l'arrière.

« Tu es prête, ma chérie ? demanda Rose avant de démarrer.
- Il faut bien ... dit Hortense. Il faut bien que je sache. »

La voiture démarra. Le trajet jusqu'à la clinique se fit en silence. A mesure qu'elles s'en rapprochaient, la tension monta d'un cran. C'était le jour de l'ultime prise de sang. Celle qui déciderait de l'avenir d'Hortense. *Je ne veux pas avoir le Sida ... je ne veux pas avoir le Sida*, psalmodiait-elle dans sa tête. Elle transpirait malgré le froid. Elle crevait de chaud. Loïca se pencha depuis la plage arrière pour poser une main sur l'épaule de sa soeur.

« Ça va aller, tu verras. On est là. Quoi qu'il arrive. »

Hortense acquiesça. La voix de sa soeur s'était un peu enrouée sur la fin. Était-ce un signe ? Est-ce qu'elle l'avait attrapé ? *Je ne veux plus y aller.* Elle ferma fort les yeux et se laissa conduire.

Après la prise de sang, Hortense regagna la salle d'attente où sa mère et sa soeur étaient restées debout. Elle avait les jambes en coton.

« Je n'aurais jamais dû faire cet examen.
- Arrête tes bêtises, dit sa mère en lui caressant les cheveux.
- Dans combien de temps on aura le résultat ? demanda Loïca.
- Ils m'ont dit à quinze heures, à peu près.
- Allons déjeuner, décida Rose.
- J'ai pas faim, maman.
- Personne n'a faim, mais on ne va pas rester patienter deux heures et demie ici, c'est malsain.
- Je ne veux aller nulle part, je veux rester là. Je ne veux pas partir d'ici sans savoir.
- Tu vas devenir dingue si on reste attendre ici. Allez, viens. »

Hortense haussa les épaules et suivit le mouvement, comme au ralenti.

Au restaurant, à quelques minutes de la clinique, Rose et Loïca grignotèrent sans appétit, feignant une humeur légère en espérant que leur attitude mensongère puisse rassurer Hortense qui tremblait comme une feuille sur sa chaise qui grinçait, presque dissimulée derrière une assiette de salade que Rose l'avait forcée à commander. L'établissement était quelconque et impersonnel, et la nourriture, tout comme le lieu fade et inodore.

L'Hadrien, le restaurant préféré d'Hortense où elle jouait quelques fois, se situait à quelques minutes seulement de celui-ci. Un hôtel huppé abritant un restaurant charmant et un piano bar où l'on pouvait commander des plats à n'importe quel heure du jour et de la nuit. Lorsqu'Hortense avait refusé la proposition de sa soeur d'aller déjeuner à l'Hadrien, Rose avait finalement estimé que cela aurait été une mauvaise idée qu'Hortense associe par la suite un endroit qu'elle aimait tant à un mauvais souvenir indélébile.

Hortense se leva pour aller aux toilettes pour la troisième fois. Pour la troisième fois, elle refusa que sa mère ou sa soeur l'accompagne. Hortense urina quelques gouttes, essuya son front transpirant, adressa un regard affolé à son reflet rendu hirsute par l'angoisse, se tordit les mains sous le robinet, se cogna, essaya de s'essuyer les mains avec des gestes saccadés, et rejoignit la banquette en terminant de sécher ses mains devenues moites sur son jean. Elle irradiait le malaise et consultait l'heure plusieurs fois par minutes. Sans le formuler à voix haute, Loïca trouva à sa soeur le même air qu'un oisillon coincé dans la cage d'un prédateur. Avec cela de pire qu'elle ne pouvait pas ouvrir la cage pour la libérer. Il n'y avait rien qu'elle ou sa mère ne puisse entreprendre pour la rassurer.

Hortense fut la première à jaillir hors du restaurant. Sous la pluie, elle oublia d'ouvrir son parapluie.

« On y va ! hurla-t-elle presque. Allez ! »

Lorsqu'elles arrivèrent devant la clinique. Hortense resta debout sur le parking. Il avait cessé de pleuvoir. Rose était déjà en train de pousser la porte d'entrée.

« Qu'est-ce que tu fais Hortense, tu viens ? »

Hortense secoua la tête, les épaules relevées, comme frigorifiée. Elle piétinait sur l'asphalte luisant d'eau.

« Viens, avance, l'encouragea Loïca.
- Je ... je ne veux plus y aller.
- Qu'est-ce que tu racontes ? Ils ont les résultats, viens.
- Je ne veux pas savoir », parvint-elle à articuler avant de fondre en larmes.

Meurtries, sa mère et sa soeur marchèrent vers elle pour prendre dans leur bras leur oiseau fragile en pleine crise de larmes. Quelques passants jetèrent des regards curieux au trio.

« Reste avec ta soeur, murmura Rose à Loïca, j'y vais. »

Loïca acquiesça et serra sa soeur plus fort. Hortense ne remarqua pas sa mère qui passait la porte automatique de la clinique pour s'adresser à l'accueil. Effondrée, elle pensa à sa vie terminée. A la maladie. Rien qu'à la maladie et à sa vie ruinée. Sa carrière ruinée. Ses espoirs envolés, toute ambition écroulée.

Soudain, Rose sortit de la clinique en fracas, une feuille à la main, les yeux exorbités, les yeux de Loïca s'agrandirent de stupeur, et Hortense se figea en apercevant sa mère qu'elle n'avait pas vu s'éloigner, et qui portait à présent sa condamnation à mort dans la main. Et Rose se mit à glapir, hystérique.

« C'est NEGATIF ! cria-t-elle. Hortense !!! C'est négatif !! Tu n'as rien ! »

D'abord interdite, Loïca se mit à faire des bons de joie en poussant une série de sons suraigus tandis qu'Hortense demeurait abasourdie.

« Quoi !? »

Loïca la secoua en continuant de sauter en criant, sa mère lui colla le papier sur le visage.

« Négatif ma chérie ! Tout va bien ! »

Hortense prit de grandes inspirations, s'imprégna de l'information, tenta de l'assimiler sans la remettre en cause, sans s'en méfier, sans rien objecter. *Test Négatif,* se dit-elle. Elle se le répéta. *Test négatif.* Elle respira un peu plus fort.

« Négatif ? demanda-t-elle.
- Noir sur blanc. Ils me l'ont même confirmé par oral.
- Alors je n'ai ... rien ?
- RIEN !!! » applaudit Loïca.

Ce fut là qu'enfin, sur le parking où la pluie recommençait à tomber, qu'Hortense se mit à hurler. Un cri de victoire, un cri de joie comme il n'en était jamais sorti de sa gorge.

Plusieurs minutes furent nécessaires pour s'assurer la sortie de ce cauchemar infini. Qui aurait dû durer une vie. Il fallait bien quelques minutes pour réaliser que son existence n'était pas foutue lorsqu'elle en avait été persuadée pendant des mois.

Hortense acheva d'assimiler la nouvelle avec un immense soupir.

« Maintenant, je meurs de faim. » déclara-t-elle.

Elles s'installèrent sur une banquette ronde à une table de l'Hadrien où elles étaient les seules clientes en cette fin d'après-midi. Le patron, qui connaissait bien Hortense, fut surpris de revoir la jeune femme après une longue et mystérieuse absence mais n'osa pas lui demander d'explications en présence des deux femmes qui l'accompagnaient. Il fut d'autant plus surpris par son enthousiasme inhabituel, ainsi que de l'ampleur de la commande.

« Depuis combien de temps tu n'as pas mangé, Hortense ? demanda-t-il, l'oeil amusé.
- J'ai l'impression que ça fait des siècles ! Ah, et il nous faut une bouteille de Champagne aussi !
- Tout de suite » promit-il en s'éloignant.

Hortense dévora littéralement les assiettes qu'elle avait commandées, avide, et levait sa coupe de Champagne sous les yeux émus de Rose et Loïca. Enfin, après des mois terribles, étranges et tristes, elles savaient qu'elles dormiraient mieux le soir venu.

Car enfin, Hortense était revenue à la vie.

*

« Ça fait bizarre de te voir dehors depuis tout ce temps », observa Oscar.

Le serveur leur apporta leurs bières glacées. Hortense avait rendu visite à Oscar dans ses bureaux sans le prévenir en fin de journée et lui avait proposé de sortir prendre l'apéritif au pub, une habitude qu'elle avait perdue. Oscar était agréablement surpris. Au fil du temps, il retrouverait doucement la fille qu'il avait connue.

« Je vais reprendre du service, déclara-t-elle en portant la bière à ses lèvres, et son visage disparut, se déforma derrière le verre immense.
- C'est vrai ? »

Hortense acquiesça et reposa son verre.

« J'ai fini par ouvrir mes mails et y répondre. Il y a des choses que j'ai loupées et pour lesquelles je me suis excusée. Mais les clients du coin lisent parfois la presse, et certains ont compris pourquoi je ne mordais pas tout de suite à l'hameçon.

- Tant mieux. Enfin ... Bref, ils te recontacteront pour d'autres choses, ce ne sont pas des clients perdus.
- Voilà. Du coup, j'ai quelques évènements de programmés, mais rien de trop loin pour l'instant, pour ça je ne suis pas encore prête. J'appréhende encore de prendre la route le soir.
- Je comprends, c'est normal. Quand est-ce que tu recommences ?
- Demain soir. Dans un restaurant à dix kilomètres d'ici. Mon client a privatisé une salle pour les quatre-vingt-dix ans de sa grand-mère et veut que je joue quelques morceaux avant le dîner. Comme ça je vais quand même rentrer tôt.
- Parfait.
- Oui, c'est pas grand chose, je te l'accorde, mais je vais y aller crescendo. J'ai déjà recommencé à jouer à la maison et je ne suis pas rouillée. Ce violon est magnifique.
- Bonne nouvelle. Tu vas conduire avec Ryan ?
- Oui.
- Tu vas faire comment pour stationner dehors ? Les gens vont trouver ça bizarre.
- Je sais. Il suffit juste de le détacher et le plier en deux une minute avant d'arriver sur le lieu de réception. Je lui coince la tête entre les genoux et personne ne le voit. Après, je n'ai plus qu'à le redresser en partant.
- D'accord. Envoie-moi quand même un texto demain quand tu seras rentrée chez toi, que je sache que ta première soirée s'est bien passée.
- C'est promis.
- Magnifique. Allez, à ta santé, dit-il en tendant son verre. A toutes ces bonnes nouvelles, et aux autres à venir. »

*

A vingt-deux heures le lendemain, Oscar reçut un texto d'Hortense. *Je suis rentrée, tout s'est bien passé.* Il alla à la fenêtre qui donnait chez Hortense. Depuis la fenêtre de son salon éclairé, son amie lui adressa un pouce levé, avant de tirer les rideaux.

*

Hortense rentrait de sa quatrième prestation. Agrippée au volant, la jeune femme était toutefois moins nerveuse, bien qu'il fut minuit passé.

« Ce n'est pas encore ça, dit-elle tout haut. Mais chaque chose en son temps. »

L'évènement du soir était un dîner de charité et sa prestation s'était achevée un peu plus tard que prévu suite à deux intervenants aux discours très longs. Le but était de récolter des fonds pour construire un centre pour des autistes adultes, alors si elle rentrait un peu plus tard, c'était pour la bonne cause. Bien qu'elle n'appréciait pas se trouver tard sur la route un vendredi soir, le premier soir du week-end, celui où les gens commencent à se défouler, et parfois même jusque sur la route.

Elle ralentit devant un barrage policier. Un flic lui fit signe de s'arrêter. *Le fameux passage à l'alcootest du week-end.* Mais Hortense le passait haut la main à chaque fois. Jamais elle n'avait bu avant de prendre le volant. Elle coupa le moteur, sereine.

Elle se soumit poliment au test tandis que le collègue du policier qui lui tendait l'appareil se penchait à la vitre et fixait Ryan dont le crâne était dissimulé sous la capuche noire du nouveau sweat-shirt que sa propriétaire lui avait acheté. Il secoua la manche de son collègue avant de désigner le passager en plastique d'un coup de menton.

Tous deux fixèrent le passager immobile d'un air méfiant.

« Votre ami va bien, Mademoiselle ? »

Le ton laissa supposer que de la question n'était pas de savoir si son ami allait bien ou non, mais plutôt qui était ce colosse encapuchonné qui fixait obstinément la route sans bouger. L'un des deux policier fit le tour de la Mini pour braquer une torche sur le visage de silicone.

« Je ... hésita Hortense en déglutissant. Ce n'est pas une vraie personne. »

Son interlocuteur fronça les sourcils, et baissa un instant les yeux sur le résultat de l'alcootest. Négatif. Il ne pouvait donc mettre la réponse de la jeune femme sur le compte de l'alcool.

« Comment ça, *pas une vraie personne* ?
- C'est du silicone, regardez. »

Hortense attrapa la tête de Ryan pour la tirer vers elle et enfonça doucement son poing dans le visage du mannequin tourné vers les flics. Les traits se déformèrent dans un sifflement artificiel. Les deux hommes semblaient avoir vu un certain nombre de choses incongrues durant leur carrière, mais celle de ce soir-là était une grande nouveauté. Hortense devint fébrile. On la regardait comme si elle était folle. L'une des pires sensations du monde.

« C'est pour ne pas avoir l'air de conduire seule le soir, car je travaille souvent le soir, en fait », expliqua-t-elle en palissant à vue d'oeil. Elle arrangea une mèche derrière son oreille d'un geste saccadé, nerveux.

« Oh mais, réfléchit l'un des agents, vous ne seriez pas la fille du maire de Crovézéac ?
- C'est ça, fit Hortense en baissant les yeux, je suis la fille de Guy Leguen.

- Ah ... oui ... souffla son collègue. »

Un silence gêné s'installa. Un silence de fait divers.

« Je ne voudrais pas que cela m'arrive une seconde fois, avoua Hortense sans lever les yeux.
- Je suis désolé de ce qu'il vous est arrivé, Mademoiselle, dit le flic à l'alcootest. J'espère que nos collègues rattraperont ces criminels sans tarder. Soyez prudente en tout cas. »

Au lieu de répondre, Hortense remit Ryan d'appoint avant de lancer un regard de chien battu aux deux agents. Le geste valait toutes les réponses. Son interlocuteur s'éclaircit la gorge, gêné.

« Vous pouvez circuler, Mademoiselle Leguen.
- Merci Messieurs. Bonne soirée. »

Elle redémarra et s'éloigna du barrage.

« Tu as m'as bien mis dans l'embarras, tu sais ça ? » dit-elle à Ryan quelques mètres plus loin.

*

Le jour tombait de plus en plus tard. Hortense roulait sereinement alors que se profilait le crépuscule.

La saison des mariages avait commencé le mois précédant, et Hortense avait honoré chaque demande de prestation. Bientôt viendraient les festivals d'été, où elle avait accepté des cachets pour accompagner des DJs à quelques soirées.

Elle avait repris le cours de sa vie avec confiance, bien que ses agresseurs courraient encore. Les ADN prélevés ne correspondaient à aucun délinquant fiché, mais à ce qu'en savait son père qui parlait régulièrement avec les autorités locales, l'enquête se poursuivait. En dépit de cela, Hortense avançait désormais la tête haute.

Sa famille fut rassurée de la voir reprendre son quotidien avec détermination. Oscar se moquait gentiment d'elle, des ourlets de ses jupes très longues qui raccourcissaient jusqu'aux genoux, et de sa nouvelle coiffure, moins disciplinée. Comme si Hortense avait mué en quelques semaines d'éternelle adolescente en début de femme.

Hortense ralentit en rentrant dans la dernière commune avant Sauvignac et se gara devant le PMU pour aller acheter des cigarettes. Elle s'arrêta net sur le seuil du bar-tabac lorsqu'elle en ressortit. Deux types un peu plus jeunes qu'elle se penchaient sur la vitre passager de la Mini. L'un arborait un bouc noir corbeau et portait un bermuda Nike et l'autre était en Jogging, une casquette jaune vissée sur la tête.

« Hé ! fit le mec à la casquette. Je t'ai demandé si t'avais une clope ! Ça te trouerais le cul de répondre !? »

Son acolyte frappa un coup sur la vitre. Pas très fort, mais assez pour qu'Hortense se fige, soudain aussi immobile que Ryan sur le siège passager.

« On te pose une question, connard ! cria le type au bouc. Tu te prends pour qui !?
- Allez, sors maintenant si t'as des couilles ! Sors ! beugla l'autre en abattant ses deux mains sur le capot. »

Je suis coincée. Qu'est-ce que je fais !? Ils vont finir par comprendre ! Sa panique grandit à mesure que les deux types, à défaut de parvenir à ouvrir la portière verrouillée, se mirent à secouer la carrosserie, ce qui donna de légers soubresauts à Ryan. *Mon Dieu mon Dieu mon Dieu...*

« Sors espèce d'enculé ! Sors !

- Hé ! fit un passant entre deux âges promenant son bouledogue. Arrêtez votre bordel ou j'appelle les flics !
- Mêle-toi de ton cul !
- Il se passe quoi là, éructa le patron massif du PMU en sortant sur le trottoir. Ça suffit oui ? »

Aussitôt, un habitué sortit à son tour et repoussa le type à la casquette qui lui retourna un coup de poing. Un autre client sortit pour venir en renfort à son ami. Les quatre types se cognèrent et s'empoignèrent, sous les cris du passant et du gérant. Hortense pensa à un gros nuage de dessin animés, lorsque seuls des poings et des éclairs sortent d'un nuage de poussière. Un nuage qui s'écartait de sa voiture.

La bagarre se déplaça, lentement mais sûrement, jusqu'à trois mètres plus loin. Puis trois autres hommes sortis de nulle part s'y joignirent, et d'autres vinrent, juste pour regarder. Parfois, les comportements absurdes de bêtise semblent dotés d'un pouvoir d'attraction irrésistible. *La loi des foules*, pensa Hortense qui ne les affectionnait pas. Son violon lui permettait d'en rester toujours en retrait.

Plus la bagarre dégénérait, plus elle s'éloignait. Plus personne ne prêtait attention à son passager. *C'est le moment, allez fonce !* Hortense effectua en courant les quelques pas qui la séparaient de la portière conducteur, se hâta d'allumer le moteur et démarra en trombe. Bientôt, la bataille ne devint qu'une tâche informe et mouvante dans son rétroviseur.

Elle ralentit avant de s'engager dans le rond-point et prit la direction de Sauvignac annoncé à sept kilomètres.

Elle accéléra de nouveau sur une ligne claire et dégagée.

« On l'a échappée belle, Ryan. »

Hortense conduisit en regardant droit devant elle, plus détendue.
Tu as raison Hortense. Nous avons évité le danger.
« C'est sûr ! »
Un hoquet de stupeur. Avait-elle vraiment parlé toute seule ? Ou avait-elle répondu à une voix ? La voix n'était pas claire. Pas intelligible, elle n'avait pas vibré dans l'habitacle, et ce n'était pas la sienne. *J'ai dû me répondre dans ma tête, simulé un dialogue avec moi-même. Tout bêtement.*
Elle jeta un coup d'oeil à son faux passager.
Il avait la tête tournée vers elle.

*

« Hortense ! » cria Oscar en agitant les bras.
Il traversa la rue en courant dans la nuit et se posta devant la porte du garage d'Hortense. Celle-ci arrêta sa voiture juste devant lui.
« Coucou dit-elle joyeusement. Qu'est-ce que tu faisais dehors à cette heure ci ?
- Un petit tour à pieds. J'ai été au bureau toute la soirée, il fallait que je me dégourdisse les jambes. Tu vas bien ?
- Oui, ça va, dit-elle.
- Je ne te vois pas souvent ces derniers temps.
- Oui, soupira son amie. J'enchaîne les contrats, mon agenda est plein. Je suis même obligée de refuser des évènements intéressants. Bref, je suis tout le temps sur la route.
- Tu t'es vite remise en selle, je suis impressionné.
- C'est grâce à toi. Et à Ryan.
- Bien sûr », dit Oscar, songeur, en jetant un regard au mannequin.
Ryan portait une chemise à rayures bleues. Hortense lui avait encore acheté de

nouveaux vêtements. L'être humain en plastique possédait désormais sa propre garde-robe.

« Je ne te remercierai jamais assez, sourit Hortense.
- Je t'en prie. Je suis heureux d'avoir trouvé une solution pour que tu travailles de nouveau.
- Bonne nuit, dit-elle.
- Bonne nuit. »

Il s'éloigna en observant son amie rentrer dans son garage. Il se sentit légèrement inquiet pour elle.

*

Depuis l'incident du PMU, Hortense avait changé de bureau de tabac sur son chemin. Cela induisait un détour de quelques minutes par le centre-ville de Sauvignac.

Il faisait beau, et un vent frais vint remuer sa chevelure libérée des tresses et des chignons austères depuis plusieurs semaines. Elle regagna sa Mini en dressant l'inventaire mental des quelques courses qu'elle aurait à faire avant de rentrer chez elle. *Récupérer mes deux robes au pressing, passer chez l'épicier, quoi d'autre déjà ?* Elle n'entendit pas le grondement de mobylette qui se rapprochait. *Oh de la lessive ! Oui c'était ça, de la lessive et du ...* Elle ralentit à l'approche d'un rond-point. *De la lessive et du shampoing ...* BAM ! BAM !

Un fracas sur la vitre passager. Deux hommes sur la moto vrombissante. Le passager frappait sur la vitre.

« Tu vas voir ta gueule ! Bâtard ! » entendit Hortense qui pâlit en reconnaissant sous les casques les deux types qui avaient créé la bagarre du PMU quelques semaines plus tôt.

Une veine s'enfla sur le visage du conducteur.

« On va te faire ta fête enfoiré ! »

Sur le rond-point, un afflux de voitures bloquait le passage. Hortense guetta le moment où elle pourrait s'y engager avant qu'ils se rendent compte que ... Le passager secoua son ami par le bras.

« Quoi ?
- Regarde, fit le type en pointant Ryan du doigt.
- Quoi ?
- C'est pas un ... c'est un mannequin ! J'y crois pas c'est un mannequin ! »

Le motard rapprocha son nez de la vitre. Hortense eut un mouvement de recul et commença à transpirer abondamment à mesure que l'inconnu écarquillait les yeux.

« Ma parole, mais ... »

Il reporta son regard sur Hortense. Un regard hostile, concentrant toute la rage qu'il avait tout à l'heure pour le mannequin. La rage d'avoir été snobé la première fois, et celle d'avoir été pris pour un con à la deuxième occasion.

Hortense s'engagea à toute vitesse sur le rond-point. Le coeur battant, elle en fit le tour complet. Et la moto la suivit. *Vite, vite !* Elle n'eut pas le temps de réfléchir. Elle prit la première sortie, celle qui menait à une voie rapide dans quelques kilomètres. *Il y aura du monde. Il fait encore jour.*

Hortense fonça sur la départementale. A ses trousses, la moto accélérait. Une priorité à droite s'annonça. *Je ne peux pas ralentir, ils me rattraperont.* Il n'y avait personne sur la route. Personne d'autre qu'eux. Elle accéléra. Un utilitaire vint de la droite. *Je n'ai pas le temps, si je fonce, c'est l'accident.* Elle enfonça le frein juste à temps pour que la camionnette passe non sans l'insulter avec force coups de Klaxon. Elle n'eut ni le temps de redémarrer ni de reprendre son souffle que les deux motards se jetèrent sur sa voiture et s'acharnèrent sur la portière passager. *Ça va recommencer. Ça va recommencer ...* Hortense suffoquait de panique. Elle jeta des regards frénétiques à l'intersection. Et personne ne passait.

Le passager de la moto ôta son casque. Il frappa sur la vitre renforcée. Sans la casser. Pour l'instant.

« Tu vas voir pouffiasse !!! »

Et soudain la portière s'ouvrit. Hortense poussa un hurlement de désespoir. *Ils ont réussi.* Ils allaient la passer à tabac. *Voire pire que ça.*

Mais ce n'étaient pas ces individus hors d'eux qui venaient de débloquer la portière. Pas à leur expression, car ils avaient l'air plutôt surpris. Et Hortense mit un certain temps à comprendre que la portière venait de s'ouvrir *de l'intérieur*, sans qu'elle n'eut touché à rien. Et un certain temps à comprendre ce qu'elle voyait.

Dans son affolement, les secondes passèrent au stromboscope. Elle avait vu. Elle avait bien vu le bras de Ryan pousser la portière. Le corps de Ryan pencher lourdement vers l'extérieur avant de se redresser. De toute sa hauteur. Le mannequin en silicone était debout. Les pieds sur le bitume. Debout devant les deux provocateurs. Et il abattit un point fermé sur le crâne de l'homme sans casque. L'instant d'après, un nouveau coup de poing dans la mâchoire.

« Qu'est-ce que c'est que ça bordel ! » cria le passager du motard d'une voix qui faiblit à mesure que le mastodonte de plastique cognait son ami de gestes mécaniques jusqu'à ce que ce dernier s'affale sur le bitume et se mette à ramper vers l'herbe dans une traînée de sang.

Enfin Ryan se tourna vers lui, et avança d'un pas. Un pas lourd et léger à la fois. Un pas de marionnette. Une marionnette qui allait lui mettre la raclée de sa vie.

« Non, non, non ! » implora-t-il.

Ryan avança d'un autre pas. Et le type se mit à courir tout droit, à toute vitesse, au milieu d'un champ, abandonnant son copain gisant dans l'herbe et leur véhicule. Bientôt, le fuyard fut hors de vue.

*

Les coupes de Champagne s'entrechoquèrent dans le jardin de la famille Leguen. Les parents d'Hortense avaient invité Oscar pour l'occasion, et ils s'étaient rendus à Crovézéac avec la voiture d'Oscar.

On trinqua dans une odeur de barbecue. A l'arrestation des trois agresseurs d'Hortense. Enfin la jeune femme pouvait mettre un nom, et un visage dépourvu de cagoule, sur les trois hommes qui avaient fait brusquement basculer sa vie dans un gouffre noir, une spirale de perpétuelle angoisse.

Yves Chaland, trente-neuf ans, résidant à quelques kilomètres de Saint-Brieuc, patron d'une petite entreprise de pièces détachées automobile. Antécédents de violence envers son ex-épouse.

Noah Chaland, trente-et-un ans, demi-frère d'Yves Chaland, résidant dans un mobile home sur un terrain de son demi-frère, intérimaire. Antécédents de trouble à l'ordre public et vol avec effraction.

Mickaël Nouaille, vingt-huit ans, ami de longue date de Noah Chaland, résidant à proximité de Rennes, ancien vendeur, licencié pour faute grave après des faits de harcèlement sur une ancienne collègue.

L'identification des trois hommes qui avaient laissé Hortense pour morte après l'avoir violée avait été le fruit du hasard, lorsque Noah

Chaland fut arrêté en flagrant délit d'effraction chez un couple de résidents secondaires de Dinard. Lors de la perquisition de son domicile, le téléphone d'Hortense avait été retrouvé sous le plancher de sa cave. Le travail d'enquête avait ensuite guidé la police sur la piste des divers contacts de Noah Chaland, et mis en perspective une douzaine de suspects dont ils avaient prélevé les ADN.

La police lui avait montré les photos des trois hommes après leur arrestation. Hortense avait dû aller vomir dans les toilettes de la gendarmerie lorsqu'elle avait découvert leurs trois visages étalés sur la table en Formica. Yves Chaland était particulièrement dégueulasse. Les deux autres avaient la tête de Monsieur tout le monde. Mais Monsieur tout le monde ne viole pas des femmes en rase campagne avant de les mettre à mort.

« A la taule à vie pour ces trois grosses merdes ! rugit Loïca en levant son verre.
- Loïca enfin ma chérie, quel langage, s'offusqua Rose.
- Bah quoi !? Tu as une meilleure qualification maman ?
- Non, tu as raison.
- Allez, santé, à la liberté pour Hortense ! clama Guy.
- A Hortense et une vie sereine », compléta Oscar.

Rose et Guy distribuèrent les grillades de chaque côté de la table.

« Tu vas pouvoir te débarrasser de ton passager en mousse, lança Loïca en piquant une énorme cuisse de poulet avec sa fourchette.
- Il n'est pas en mousse, dit Hortense en attrapant une poignée de frites à pleines mains.

- Ouais. Mais t'en as plus besoin maintenant.
- Je suis assez d'accord avec Loïca, dit Rose en s'asseyant. Il est sympathique, ton bonhomme, Oscar a bien fait de te l'offrir. Mais ce n'est pas très ... pas très normal.
- C'était juste une transition, en effet, souligna Oscar en décapsulant une bière. Le temps qu'Hortense se réhabitue à remonter en voiture seule et se remette à travailler. Le temps de retrouver un semblant de vie normale, même si elle ne sera plus tout à fait comme avant après ... après ça.
- Je ne me vois pas encore reprendre la route comme si de rien n'était, trancha sèchement Hortense. Même si je me déplace plus librement.
- Evidemment, répondit Guy. Mais aujourd'hui, il y a de nouvelles technologies de sécurité et d'urgence conçues spécialement pour les voitures. Des alarmes, des appels reliés aux secours avec géolocalisation, toutes sortes de gadgets moins euh ...
- Moins flippants ? suggéra Loïca.
- Moins encombrants, intervint Rose, diplomate. C'est vrai. Ryan ... Mon Dieu, ça fait bizarre de l'appeler par un prénom !... Ryan a toujours été une solution provisoire. Une excellente solution, mais ça ne peut pas être permanent. »

Hortense reposa sa fourchette sur son assiette d'un geste brusque dont elle n'était pas coutumière. La colère, froide fit pâlir son visage et noircir ses yeux. Plus personne ne parlait.

« Vous viendrez me parler de vie normale et de solutions provisoires le jour où il vous sera arrivé ce par quoi je suis passée. Là je prendrais volontiers vos conseils et petites astuces pour vivre une vie comme dans les pubs pour assurances. »

Silence autour de la table. Personne n'avait jamais été totalement accoutumé aux mouvements d'humeur d'Hortense. C'était quelque chose d'assez nouveau depuis octobre dernier. C'était une chose à laquelle ils savaient tous qu'ils devraient s'habituer à vie, désormais.

« Désolée ma chérie, dit Rose. Ce n'était pas du tout le propos. On s'est mal exprimés. Le plus important, c'est que tu te sentes le mieux possible. Et c'est toi qui décides. »

Les fourchettes se remirent à grincer sur les assiettes dans une discussion qui reprit timidement sur un tout autre sujet. Plus insignifiant et plus léger.

*

L'autoroute était confortable, rassurante. Surtout la nuit. Peu de choses peuvent survenir, en dehors d'un accident à grande vitesse ou d'une intempérie sévère. Sur l'autoroute, Hortense se sentait à l'abri d'un traquenard dans un endroit isolé, ou d'une panne au milieu de nulle part et sans réseau qu'elle ne supporterait pas.

S'il n'y avait que des autoroutes, rien de tout cela ne serait jamais arrivé. S'il n'y avait que des autoroutes, elle n'aurait jamais eu besoin d'un faux passager. D'ailleurs, en conduisant paisiblement, elle songea qu'elle pourrait bientôt s'en passer. Elle jeta un bref regard de pitié à Ryan qui fixait la route de ses yeux noirs en résine dans lesquels se reflétaient des lumières des phares.

Ryan portait son pull bleu Pourtant, Hortense ne se souvenait pas le lui avoir enfilé. Ces derniers temps, elle l'avait négligé, et lui avait laissé son sweat-shirt à capuche noir. *Je suis pourtant bien sûre de ne pas l'avoir changé.* Elle bailla, il était deux heures trente du matin et elle ne pensait pas terminer sa prestation si tard. *Il portait bien sa capuche depuis qu'on a arrêté ces trois monstres. Je ne l'ai pas changé depuis ...* Elle bailla de nouveau, plus longtemps cette fois-ci. *Peu importe.* Elle tendit la main vers son paquet de Marlboro et en sortit une cigarette qu'elle alluma sans quitter des yeux la route hypnotique.

Tu n'as pas confiance en moi, Hortense. Je le sais. Je le sens. En sens inverse, un camion croisa la Mini sans éteindre ses feux de route. Hortense cligna des yeux, un peu éblouie, puis se concentra de nouveau, en dépit de la voix qu'elle croyait entendre dans sa tête. Une voix qui ne l'effrayait pas, qui faisait comme partie d'un tout, de quelque chose d'ordinaire. *Ta famille. Oscar. Ils t'ont liguée contre moi. Tu te méfies de moi. Je le sais.*

Tu te trompes, Ryan. Tu as tout faux.

*

Hortense reposa le journal près de sa troisième tasse de thé fumante. Il était presque onze heures du matin et elle avait encore à peine touché à sa gaufre du petit déjeuner.

Les trois agresseurs de la fille d'un élu enfin identifiés, annonçait l'article. Sur la une, il y avait une photo de chacun d'entre eux. Des photographies privées, et non celles prises par la police après leur arrestation.

On y voyait Yves Chaland, posant dans un costume à rayures avec un noeud papillon, probablement lors d'une cérémonie. Il arborait un grand sourire et une grosse montre, et la personne qui posait à côté de lui avait été coupée au cadrage. Sans doute ne lui adresserait-elle plus jamais la parole.

Noah Chaland, en short et polo, les cheveux plaqués en arrière, posait adossé à une voiture de collection en adressant deux doigts levés en signe de victoire à l'objectif.

Mickaël Nouaille était assis sur une chaise en plastique devant ce qui ressemblait à une plage, lunettes sur le front, il fixait la personne qui le photographiait d'un regard qui glaçait le sang d'Hortense.

Hortense avait mis son téléphone en mode silencieux, celui-ci n'ayant cessé de sonner depuis qu'elle s'était levée, affichant les noms d'Oscar et de Loïca en particulier. Elle ouvrit les messages de son ami et de sa sœur surexcités, qui lui firent part de leur joie avec force émoticones festives. Ils lui proposèrent de se retrouver à l'Hadrien pour fêter la une du journal.

« J'ai un mariage ce soir, leur écrit-elle. Mais je suis contente. On fêtera ça demain soir si vous êtes libres tous les deux. »

Une nouvelle avalanche d'emojis lui apprit qu'Oscar et Loïca étaient d'accord pour remettre les festivités au lendemain. Puis elle consulta sa montre. Bientôt midi. Elle avait des courses à faire à pied en ville avant sa séance de répétitions. Après cela, elle devrait se préparer pour partir à dix-huit heures.

Le soleil était encore radieux lorsqu'elle entra dans son garage, ses sandales dorées aux pieds, une robe bleu ciel courte et vaporeuse, et ses cheveux arrangés en longues boucles. Elle installa son violon dans le coffre. Lorsqu'elle le referma, elle regarda Ryan assis sur la chaise de jardin devant l'étagère et réfléchit.

Est-ce que je le prends ? Elle réfléchit longtemps. *Est-ce que j'en ai vraiment besoin ?* Il portait sa chemise blanche, l'une des dix pièces de la garde robe qu'Hortense lui avait constituée au fil des mois à l'hypermarché. Elle se demanda pourquoi elle avait fait ça, lui acheter des vêtements. Maintenant qu'elle y pensait, elle trouvait cela absurde. Et cela faisait bien longtemps qu'elle ne l'avait pas changé. Des semaines. Peut-être l'avait-elle fait, mais elle ne s'en souvenait plus.

Elle allait beaucoup mieux, à présent. Elle considérait Ryan d'un regard de pitié.

« Allez Ryan, finit-elle par décider à haute voix. Ce sera ton dernier voyage. »

Elle le souleva comme elle en avait l'habitude, en l'attrapant sous les bras, et le hissa jusqu'à l'intérieur de l'habitacle.

Elle roulait en rêvassant, heureuse que le mariage n'ait pas fini trop tard. Il y avait eu assez peu d'invités, mais plusieurs personnes lui avaient réclamé ses coordonnées.

Elle serait chez elle avant minuit et pourrait s'affaler une petite heure devant la télévision avec une infusion pour se détendre avant d'aller dormir. Elle poussa un soupir en roulant sur une départementale. Elle n'avait plus peur, désormais. Elle ne serait plus jamais la même, elle le savait. Mais elle n'avait plus peur.

Tu vas m'abandonner. Tu es une traîtresse. Je t'ai aidée. Je t'ai accompagnée. Je t'ai aidé à aller mieux. Et tu vas m'abandonner.

Elle négocia un virage serré menant plus loin à un hameau aux nombreuses maisons éclairées.

Oui Ryan. Je t'ai prévenu, et j'en suis désolée, mais c'était ton dernier voyage.

Elle roula au pas en traversant le lieudit.
Connasse.

Hortense freina un peu plus et plissa les yeux en allumant ses phares à fond. *Salope.* A l'entrée d'une voie privée, à côté d'une boîte de recyclage pour le verre se dressait une grande benne à ordure. *Je sais ce que tu vas faire.* Elle se rangea sur le bas côté et coupa le moteur. *Tu vas te débarrasser de moi.*

« Ok Ryan, dit-elle en fixant la benne éclairée d'un lampadaire. Tu as tout compris. Ton dernier voyage. Ta dernière demeure. »

Ordure.

Hortense se pencha, déboucla sa ceinture, puis celle du mannequin de silicone. Elle posa sa main sur la portière qui émit un son de déverrouillage métallique. Clic ! Quelque chose la retint. Une main en plastique rigide lui étreignait le poignet droit, se serrait autour de lui. Hortense émit un râle, tira sur son bras. L'homme en plastique tiède l'enserra, sans expression sans s'animer. Le contact du silicone sur sa peau lui donna un haut-le-coeur. Hortense poussa un petit cri. Puis le bras droit de Ryan pivota vers Hortense, et le poing serré s'abattit sur la mâchoire de la jeune femme.

Sonnée, Hortense s'agita, se débattit à mesure que l'homme en plastique l'agrippait et la frappait. Elle tenta de crier à l'aide vers les fenêtres éclairées derrière les haies. Seul un filet de voix maladif, presque une plainte, sortit de sa gorge autour de laquelle Ryan apposa ses mains et serra.

Hortense vit une lumière s'éteindre à une fenêtre. Elle suffoqua, son visage devint écarlate, ses yeux s'exorbitèrent d'effroi.

Peu à peu, à mesure que l'oxygène manqua et empêchait son dernier souffle, ses yeux s'éteignirent. Elle sut qu'elle allait mourir.

Et la dernière chose qu'elle vit fut le visage furieux d'un homme en plastique.

FANFARE

« Jamais deux sans trois », clama Marcel en reposant son verre de Pinot Noir, conclusion qu'il répétait à l'envi lorsqu'il évoquait son deuxième infarctus. Robert secoua la tête et but en silence, les yeux perdus dans les flammes ondulant dans la cheminée en pierre de Bourgogne. L'ancien corps de ferme en marge du village que son ami avait mis des années à rénover après en avoir hérité était devenue plus facile à réchauffer l'automne venu. Cependant, Marcel ne pouvait se passer des flambées du soir. Six mois par an en saison froide, on reconnaissait la maison de Marcel en bordure de forêt à la fumée s'échappant de la cheminée.

Robert lui rendait visite plus fréquemment depuis qu'il avait quitté ses fonctions à la gendarmerie trois ans auparavant. Ainsi les deux vieux amis se retrouvaient régulièrement dans la cuisine de Marcel le soir venu, autour d'une gamelle de pâtes au beurre, ou plus exactement de beurre aux pâtes.

Dans le village et ses environs, tout le monde appréciait Marcel Vignot. Il était une figure locale, tant pour avoir dirigé l'école primaire de la commune où plusieurs générations d'enfants se souvenaient de lui avec nostalgie et affection, que pour la tragédie qui avait longtemps fait les unes de l'*Yonne Républicaine* dans les années quatre-vingt, lui valant la compassion et le soutien de milliers d'habitants de la région.

La nuit du 18 novembre 1983, Charles Vignot, fils unique de Marcel, avait disparu. Charles avait quatorze ans. Marcel et son épouse Suzanne avaient retrouvé le lit de leur fils défait ce matin-là, après l'avoir longuement appelé pour le petit déjeuner. Ils avaient d'abord élargi leurs recherches autour du terrain de la ferme et des bois, puis contacté la gendarmerie, sans savoir idée, ce jour précis, malgré tout ce qui fut mis en place pour le retrouver durant des années, que Charles ne serait jamais retrouvé.

Sept ans plus tard, à la fin de l'été 1990, Suzanne avait appuyé à fond sur l'accélérateur de sa vieille Renault sur un chemin de terre et foncé contre un marronnier centenaire, laissant son mari définitivement seul. Elle n'avait d'abord pas supporté ne pouvoir mettre au monde qu'un seul enfant, elle qui rêvait d'un foyer bruyant. Elle avait chéri son fils unique avec tout l'amour qu'elle aurait eu pour la demi-douzaine d'enfants qu'elle avait espéré. Elle n'avait pas supporté, enfin, que Charles ait disparu. En soutien à Marcel, il y eut tant de monde à l'enterrement de Suzanne que nombreux furent les inconnus obligés de rester sur le parvis de la petite église durant la cérémonie. Ce jour-là, c'était Robert qui avait tenu Marcel par le bras, toute la journée, comme une famille entière à lui tout seul.

Marcel alluma un cigarillo et tendit le paquet à Robert.

« Tu ne devrais pas, avertit ce dernier.
- Toi non plus.
- C'est vrai, répondit Robert en portant le cigare à ses lèvres. Pas un mot à ma femme.
- Elle le saura quand tu rentreras à l'odeur de tabac froid.
- Elle va m'engueuler de toute façon. Dès que j'aurais franchi le seuil, elle aura un prétexte. Elle est pleine de ressources, tu sais
- Mon pauvre ...
- Ouais, et au bout de cinq minutes elle passe à autre chose et elle est toute gentille, elle se met

67

à rigoler. En fait m'engueuler c'est juste sa façon de me dire bonsoir.
- Pas facile la retraite. Je t'avais prévenu.
- Tu l'as dit ... »

Robert n'en rajouta pas. La retraite était beaucoup plus douloureuse pour Marcel que pour lui. Lui avait une femme qu'il aimait, deux enfants et trois petit-enfants qu'ils gardaient une partie de l'été et recevaient pour les fêtes. Marcel n'avait plus personne. Il passait son temps désespérément libre à lire et à jardiner, et les fêtes sans vouloir voir personne, tant était insoutenable pour lui les scènes de familles réunies.

Ils fumèrent sans rien dire. Ils se connaissent depuis trop longtemps pour avoir à alimenter des conversations permanentes. Sans y penser, Robert fixa longtemps la photo encadrée de Charles au-dessus de la cheminée. Quelques temps avant sa disparition, l'adolescent au visage fin souriait à l'objectif, une mèche blonde et rebelle cachant l'un de ses yeux verts. Robert s'empressa de quitter le cadre des yeux lorsqu'il s'aperçut qu'il avait fumé tout son cigare en le regardant. Il ne voulait pas que Marcel y pense et soit triste pour le reste de la soirée. Mais c'était trop tard, Marcel l'avait vu. Il le regardait, d'un air résigné.

« Je sais où il est, dit Marcel.
- Pardon !? ».

Robert s'étouffa, toussa. Il avait aspiré sa dernière bouffée de travers et écrasait son mégot de gestes saccadés dans le cendrier, éparpillant des cendres froides sur le bois de la table. Il n'était pas sûr d'avoir bien entendu ce que son ami venait de dire.

« Mon fils. Charles. Je sais où il est. »

C'était absurde. Marcel devait plaisanter. Une grande première, car le sujet ne prêtait pas et n'avait jamais prêté à plaisanterie. Marcel devait avoir trop bu. Il n'avait pas bu plus que d'habitude, pourtant. Les médicaments pour le coeur ? Peut-être était-ce un mauvais mélange pour le cerveau. Sans doute, car à l'instant où il sondait le visage de Marcel à la recherche d'une réponse, Robert ne reconnaissait plus son ami.

« Marcel, qu'est-ce que tu racontes ? »

Marcel écrasa son mégot à son tour et expira doucement la fumée. Puis il soupira avant de se gratter la barbe. C'était bien Marcel, sa gestuelle, ses tics que Robert connaissaient par coeur. Ce n'était pas le vin, il en avait à peine bu, ce soir-là. Marcel avait toute sa tête, Robert n'avait plus aucun doute, à l'éclat douloureux qui venait de passer dans ses yeux.

« Je sais où est Charles. Depuis quelques années déjà. Je sais où il a disparu. »

Robert attendit que Marcel explose de rire et se tape sur la cuisse en le pointant du doigt, se moquant de la tête qu'il venait de faire. Mais ce n'était pas son genre. Marcel était sérieux. Vraiment sérieux.

« Tu te fous de moi ?
- Non, Robert. Ça faisait longtemps que je voulais te le dire.
- Depuis combien de temps tu sais où il est ? fit Robert, incrédule.
- Depuis quatorze ans. »

Marcel déglutit. Peu à peu, le choc se dissipa, avant de laisser place à la colère. Robert frappa du poing sur la table, si fort que les deux verres sursautèrent, faisant frémir le vin qu'ils contenaient.

« Non mais qu'est-ce qui tourne pas rond chez toi !? Tu sais où est Charles depuis des années et tu ne me dis rien !? A moi ? Ton

69

meilleur ami ? Je me suis tué à chercher ton fils ces trente-cinq dernières années ! J'y ai passé toute ma putain de carrière ! J'ai organisé des dizaines de battues, je suis allé interroger des centaines de personnes dans toute la région, déposé des milliers d'avis de recherches, je me suis battu sang et eau pour le retrouver, pour qu'on ne referme jamais le dossier, qu'il y ait toujours des gars dessus. J'ai briefé mes successeurs avant de prendre le large pour qu'ils n'arrêtent jamais l'enquête. Je passe encore chaque mois à la gendarmerie pour m'assurer qu'ils le cherchent toujours. Et toi, tu m'annonces comme une jeune fille en fleur un beau soir que ça fait quatorze ans que tu sais où il est ! Et tu as continué à me laisser me démener ? Mais t'es un grand malade, mon pote ! »

Robert se tut, essoufflé par ses cris. Marcel garda le silence, suivant le monologue furieux en baissant la tête.

« Où il est !? éructa Robert avant de reprendre son souffle. Dis-moi où il est !?
- Calme-toi d'abord. C'est un peu compliqué à expliquer. »

Robert voulut répondre mais laissa s'échapper un ricanement nerveux à la place. Marcel laissa passer un temps, puis, lentement d'un geste délicat, il versa à nouveau du vin dans les verres. Le pouls de Robert se calma. Son ami reposa la bouteille et prit son inspiration en calant son dos sur le dossier de sa chaise en bois.

« Il faut revenir bien avant la disparition, pour que tu comprennes. Et je dois t'avertir que ce que tu vas entendre n'est pas évident à raconter. C'est pour cette raison que j'ai mis autant de temps à me décider à t'en parler. »

Robert le fixait, impassible. Marcel hocha la tête et poursuivit.

« Quand Charles était petit, il entendait souvent des bruits la nuit. Pas toutes les nuits non plus, mais assez souvent. Il venait nous réveiller, Suzanne et moi, et on allait le remettre au lit systématiquement en lui disant qu'on n'avait rien entendu, et que s'il avait entendu quelque chose, cela venait soit de la forêt, soit de la route, soit d'un rêve. Bref, il se rendormait, et nous aussi. Après, ça s'est calmé, quand il avait huit ou neuf ans. »

Il fit une pause pour boire une gorgée.

« A peu près un an avant sa disparition, il est venu nous réveiller en pleine nuit. Suzanne avait un rhume, elle était vaseuse et s'est rendormie aussitôt. C'est donc moi qui me suis levé. J'étais surpris, parce que cela faisait quelques années qu'il avait arrêté de venir nous réveiller la nuit pour du bruit. Pour des cauchemars ou des petits bobos, oui, évidemment, mais pour le bruit c'était une époque révolue, il avait fini par comprendre qu'il y a toujours du bruit la nuit quand on habite une vieille ferme. J'étais énervé, parce qu'il avait réveillé sa mère qui avait mis du temps à s'endormir à cause de la crève qu'elle avait attrapé, et qu'il me parlait encore de ce fichu bruit. Il m'a dit *papa, il y a une fanfare dans la forêt !* J'étais vraiment en rogne. *Une fanfare !?* j'ai dit. *Une fanfare qui passe comme ça au beau milieu de la nuit et qui joue pour personne !?* Il a répondu *mais papa je te jure, je l'ai vue ! Là, dehors !* Je l'ai renvoyé se coucher aussi sec. *Une fanfare ... Et puis quoi encore ! ...* Un an après cet épisode, Charles a disparu au milieu de la nuit. »

Robert fronçait les sourcils. Il avait écouté chaque mot avec la plus grande des attentions et ne comprenait pas où son ami voulait en venir. Il était cependant encore trop saisi de stupeur pour poser la moindre question. Marcel acquiesça, comme s'il avait entendu ses pensées confuses.

« Il y a quatorze ans, presque jour pour jour, je me suis réveillé vers deux heures du matin. J'avais entendu un bruit bizarre. Quelque chose d'inhabituel, comme de la musique. J'ai d'abord cru que c'était mon rêve qui m'avait réveillé, un rêve dont je ne me souvenais déjà plus. Je me suis frotté les yeux et là ... j'ai continué à l'entendre. On aurait dit un *orchestre*. »

Sans savoir pourquoi, à ce mot, Robert fut saisi d'un frisson. Un frisson intense, violent, comme si l'espace d'une seconde son corps entier eut été trempé dans l'eau glacée.

« J'entendais des instruments, comme des tambours et des trompettes, le genre de musique qu'on entend dans les cirques quand les clowns font leur numéro. Une musique qui sonne ... grotesque. Alors j'ai regardé si j'avais bien éteint la télé et la radio. Cela ne pouvait venir que de là, car il m'arrivait de m'endormir avec la télé encore allumée dans la chambre ou sur mon fauteuil dans le salon. J'ai vérifié. Tous les postes de la maison étaient bien éteints. Mais j'entendais toujours la musique. Alors je suis allé regarder par la fenêtre parce que ça ne pouvait venir que de dehors. Et ça venait de dehors. »

Marcel frissonna à son tour. Et Robert oublia un instant de respirer. *Non*, se disait-il. *Il ne va pas dire ça*. Mais la phrase tomba comme une lame de guillotine.

« Il y avait une *fanfare* dans les bois ».

Robert eut soudain la bouche sèche. Son ami glissa vers lui la carafe d'eau, mais il se sentait trop raide pour se servir. Il resta figé, attendant la suite.

« Le ciel était clair, cette nuit-là. J'ai vu ... il y avait peut-être une cinquantaine de musiciens qui jouaient en marchant en file indienne en contournant les arbres. Ils venaient du fond de la forêt. Ils passaient près de la maison. Le cortège se rapprochait, guidé par le chef d'orchestre habillé en arlequin qui marchait devant, avec une grande canne pour baguette, une grande canne qui ressemblait à une lance. Il ... Comment dire ... L'homme devant, on n'aurait pas vraiment dit un homme. C'était un genre de pantin à taille humaine. Désarticulé. Il marchait avec des gestes bizarres, comme s'il était tiré par des ficelles de plus haut par un marionnettiste maladroit, comme un grand jouet. Il avait l'air d'être *en bois*. Derrière lui, les musiciens étaient des gens normaux. Il y en avait de toutes générations confondues. Des enfants, des jeunes gens et quelques vieux. Tous habillés avec de grandes collerettes, des manches bouffantes, des gros boutons, comme dans les livres de contes pour enfants, tu sais, les Pierrots, les bouffons du roi et autres. Il portaient ce genre de déguisements. Et la parade s'est rapprochée, j'ai pu voir leurs visages et j'ai été terrifié. Ils avaient les yeux vides, Robert. Ces gens, quel que fût leur âge, ils avançaient un pas devant l'autre, le visage blême, les yeux grands ouverts et inanimés. On aurait dit des drogués, des musiciens lobotomisés. Ils jouaient pourtant. Des percussions, des instruments à vent. Ils jouaient sans vie. Je me suis rapproché de la vitre pour mieux voir. Je ne savais pourquoi, mais j'avais très peur qu'ils me voient. Et là, il m'a semblé reconnaitre certains visages. Sur le moment, je n'aurais pas su dire de qui il s'agissait, je n'avais pas d'identité précise. Mais quelques uns de ces musiciens qui avançaient comme téléguidés me disaient vraiment quelque chose, comme quand tu as un nom sur le bout de la langue et que tu es incapable d'en reconstituer les syllabes. J'étais persuadé d'en avoir déjà vu certains quelque part. Et j'ai vu ... »

Un sanglot vint se coincer dans sa gorge qu'il fit taire. Il respira par à coups, repoussant l'assaut et larmes.

« J'ai vu mon fils. J'ai vu Charles jouer des cymbales. Il avait disparu depuis plus de vingt ans, déjà, et il avait toujours le même âge, pourtant. Ses beaux yeux verts n'avaient aucune expression. Il avançait avec des gestes que je ne lui avais jamais vus, disciplinés et synchronisés, presque ceux d'un militaire somnambule. Il marchait et frappait des cymbales comme un robot. C'était mon Charles, mon fils, mais ce n'était plus lui à la fois. J'ai voulu crier son nom mais j'avais la certitude absurde qu'il ne m'entendrait pas. Les sons se sont coincés dans ma gorge. J'étais paralysé d'effroi. Je ne savais pas si je rêvais ou non. Et la fanfare s'est éloignée. Ils ont disparu. »

Il renifla et se tassa sur sa chaise. Ses muscles se détendirent.

« Je ne pouvais pas vraiment savoir si j'avais rêvé ou pas. Tout cela avait eu l'air si *réel*. Je me suis réveillé à l'aube dans mon lit sans me souvenir d'être retourné me coucher. Mais au fil des minutes qui ont suivi mon réveil, j'ai su que c'était vrai, ce que j'avais vu. Même si cela n'avait aucun sens, c'était pourtant bien réel. »

La colère de Robert s'était estompée, tarie et desséchée, laissant place à une sensation inconnue, quelque part entre la terreur et l'impuissance.

« Le lendemain, j'étais très perturbé. J'étais en proie à l'angoisse, je savais que rien de tout cela ne tenait debout mais je voulais t'en parler. Je ne sais pas ce que j'attendais de toi exactement, que tu te foutes de moi, sans doute, ça m'aurait rassuré. Je me suis rendu à la gendarmerie. Ce sont Marion et Sylvain qui m'ont accueilli. Ils m'ont dit que tu étais parti constater un cambriolage chez un garagiste et que tu allais bientôt revenir. Ils m'ont installé dans ton bureau en attendant. J'ai commencé à ruminer ce que j'allais te raconter et comment j'allais trouver les mots, parce que c'était pas évident. Et puis j'ai regardé les trucs punaisés au mur et j'ai compris. Il y avait un avis de recherche pour Julie Marcin avec deux photos. Celle de son visage d'enfant lorsqu'elle avait disparu dix ans plus tôt, et une photo vieillie informatiquement pour aider à la poursuite des recherches. Et là je me suis souvenu de son visage. Pendant des années, il était placardé partout, chez les commerçants, sur des panneaux d'affichages publics, même sur des boîtes de lait. Je l'avais eue sous les yeux pendant des années. C'était pour cela qu'elle m'avait donné une impression de déjà vu, lorsque je l'ai vue dans la fanfare. Elle jouait du saxophone. Et elle avait toujours huit ans. J'ai alors compris où j'avais vu les visages qu'il m'avait semblé connaître. Sur des avis de recherches. »

Sa voix trembla sans qu'il ne put rien y faire.

« Je venais de comprendre. C'était trop dur. J'ai dû partir, rentrer chez moi. J'ai prétexté un violent mal de tête à Marion et Sylvain et je suis parti. J'étais trop bouleversé. Cette fanfare, c'est une procession de personnes disparues. De celles qu'on ne retrouve jamais. Elle passe quelques fois la nuit et emporte à jamais avec elle ceux qui la rejoignent. »

Il se passa un quart d'heure sans que ni l'un ni l'autre ne parle. Un quart d'heure rythmé par le ronronnement soporifique de l'électroménager venant de la cuisine.

« Tu aurais dû m'en parler, Marcel. Tu n'aurais pas dû garder ça pour toi si longtemps.
- Je n'ai pas pu, Robert. Je suis désolé. On m'aurait pris pour un fou.
- Je comprends. »

Robert rentra chez lui à pied. Ses jambes tremblèrent, sur le chemin. Si fort qu'il dut faire une pause à mi-chemin. Ce faisant, il se tourna vers la forêt obscure. Il eut l'instinct brutal qu'il lui fallait s'en écarter au plus vite. L'idée même de cette forêt auprès de laquelle il avait grandi, à présent, le terrifiait. Il pressa le pas.

Ce soir-là, Marcel s'endormit vite, d'un sommeil lourd, profond. Il ouvrit les yeux vers deux heures du matin, lorsqu'il entendit le claquement des cymbales. Son coeur se mit à battre à tout rompre. Cette fois-ci, il le savait, c'était lui qu'ils venaient chercher.

DU VERRE PILÉ DANS LA TÊTE

Le gosse d'en face jouait à la console depuis plus d'une heure sans que sa mère n'ait eu l'éclair de génie de lui proposer de couper le son. Malgré les grognements exaspérés des voyageurs présents dans le wagon, elle le lui avait suggéré de manière apathique à deux reprises, et sans effet.

Un groupe de surfeurs hollandais revenus rougis des plages du Sud Ouest opérait des allers retours incessants entre leur wagon d'origine et le wagon restaurant dans le plus grand bruit possible.

Le train, parti de Dax avec trente-cinq minutes de retard, avait rallongé son temps d'arrêt à Bordeaux d'une bonne demie-heure supplémentaire. C'était lors de cet arrêt interminable que le jeune garçon et sa mère étaient montés dans le TGV et s'étaient installés en face de Gonzague.

Gonzague Crozon avait passé une sale journée, dans une chaleur étouffante, après avoir mal dormi dans un hôtel de seconde zone pour ne pas charger sa note de frais plus que de raison. Il avait dû dormir là-bas pour honorer son rendez-vous client tôt le matin auprès d'une entreprise de nettoyage de bureaux dans la région. Suite au déjeuner d'affaires en sortant de la réunion, le nouveau client ne lui avait finalement commandé que la moitié de la nouvelle gamme de détergents Pomm'Prop' que Gonzague avait espéré vendre. Il devrait revoir sa commission à la baisse sur ce coup là.

Tout cela aurait été supportable en temps normal, car Gonzague était de bonne composition. Tout cela aurait été supportable s'il n'avait pas une migraine carabinée depuis l'heure du déjeuner.

La foudre avait frappé dans l'oeil gauche d'un coup sec au moment où les entrées avaient été servies. L'oeil gauche, c'était mauvais signe. Lorsque c'était l'oeil droit, la crise demeurait douloureusement supportable. Parfois, elle débutait dans l'oeil droit et, pour se renforcer, se jugeant trop faible, la crise passait à l'oeil gauche. Et lorsque la migraine démarrait dans l'oeil gauche, Gonzague savait qu'il en aurait au mieux pour vingt-quatre heures de sensation de verre pilé dans la tête. Au pire, la crise durerait soixante-douze heures.

Aussitôt la douleur apparue, il s'était excusé, s'était éclipsé dans les toilettes des hommes et avait avalé deux cachets pour tenter de prendre le mal par la racine. Il ne pouvait se permettre d'être distrait par la douleur pour son rendez-vous, et il ne pourrait pas rentrer chez lui s'allonger dans le noir avant le milieu de la soirée, si la SNCF lui laissait cette chance. Il fallait endurer cette journée. Endurer ensuite le trajet.

Mais malgré le cachet, la douleur avait trouvé sa voie. Elle était là, perçante, lui broyant tout le côté gauche de la tempe au sinus en traversant l'intérieur de l'oeil, le faisant couler par moments.

Et, en face de lui, le gosse jouait à son jeu vidéo. Le son à fond. *Bam ! Tzziii ! Bing ! Tûûûûûût !! GAME OVER ! Bipbipbip ! Tûûûûûût !! Tzziii !*

Gonzague rouvrit les yeux. Les fermer ne l'avait pas soulagé. Pas avec ce bruit électronique. *Bam ! Tzziii ! Bing !* Pas avec les râles des passagers à cause du gamin de douze ans mal éduqué. Pas avec la mère du gosse qui lui murmurait *de bien vouloir arrêter s'il te plaît Jean* avec toute l'énergie d'une limace sous Valium. Pas avec les surfeurs translucides qui passaient toutes les deux minutes dans le couloir étroit par paquet de six ou sept. Comment d'ailleurs était-il possible de produire autant de bruit en marchant avec des sandales en caoutchouc sur de la moquette ?

Le train bondé s'était arrêté quelques minutes à travers champs, mais avait heureusement fini par reprendre au ralenti sur un bon quart d'heure avant d'atteindre sa vitesse de croisière. Ce qui laissait estimer une arrivée à Paris retardée de seulement une heure et quart environ.

Gonzague chaussa ses lunettes rectangulaires à la monture fine et chercha de nouveau une position acceptable pour son grand corps maigre sur le fauteuil inconfortable. Le reflet que lui renvoyait la vitre était transparent, l'exacte image de lui-même en ce moment. Il était si pâle qu'il ne préférait pas voir ça.

Vingt minutes avant l'arrivée en Gare Montparnasse, un miracle se produisit. La console de jeux émit un son d'agonie, et le gosse exprima assez fort à sa mère qu'il n'avait plus de batterie. *Au moins vingt minutes de tranquillité jusqu'à destination, c'est déjà ça*, songea Gonzague entre deux violents spasmes de son cerveau.

Car pour lui le voyage n'était pas fini. Il lui faudrait ensuite aller de la Gare Montparnasse à la Gare de Lyon en métro avec une correspondance à Châtelet. De là, il avait encore une heure de train régional jusqu'à Sens. Sa voiture l'attendait sur le parking de la gare. Il n'aurait plus qu'à rouler cinq minutes jusqu'à sa maison qui lui paraissait pour l'instant aussi loin et inaccessible qu'un mirage.

Le gamin ne se laissa pas aller au désoeuvrement. Il s'empara du téléphone de sa mère qui protesta sans réelle ferveur, plongée dans la lecture de son magazine. Enfin, il put jouer à sa guise avec le vieux modèle de mobile dont il fit jouer chaque sonnerie différente, l'une après l'autre. A chaque sonnerie, les protestations des voyageurs se firent plus fortes. *Oh ça suffit hein ! C'est pas possible ! Il va pas arrêter non !?*

« Arrête s'il te plaît Jean », fit sa mère avec un filet de voix presque convaincu par le mécontentement ambiant, avant de prendre le téléphone des mains de son fils avec des doigts mous. Le garçon croisa les bras un instant, vexé, leva son nez en trompette pour regarder autour de lui en l'absence d'écrans, jeta un regard perçant à Gonzague dont l'oeil recommençait à couler de douleur. Avec son polo à rayures jaunes horizontales, l'enfant avait l'air d'une grosse abeille. Puis il fouilla dans le sac à main de sa mère et en sortit un stylo à bille rétractable. *Clic ! Clic !* L'objet lui parut satisfaisant pour les cinq dernières minutes du trajet. *Clic ! Clic !*

« Tu veux bien arrêter, s'il te plaît jeune homme ? » demanda Gonzague d'un ton las.

La mère leva le menton une seconde, puis revint à sa lecture. *Clic ! Clic !* Le gamin continua avec un regard de défi. Nouveaux soupirs dans le wagon. *Clic ! Clic ! Clic !*

« S'il te plait, arrête ça, sois gentil », fit-il d'une voix plus ferme.

Le gamin souriait. *Clic ! Clic ! Clic ! Clic ! Clic !* Une douleur irradiante dans le crâne de Gonzague qui lui valut un haut-le-coeur. *Clic ! Clic !* Le gosse reprit de plus belle. *Clic ! Clic ! Clic !*

« Arrête ! S'il ... » s'interrompit Gonzague à cause de la douleur fulgurante d'un nouveau spasme.

Clic ! Clic ! Clic ! Clic ! Clic !

Son oeil gauche se voilait de larmes. *Clic ! Clic ! Clic !* Le gosse souriait. *Clic ! Clic ! Clic !* Un tour de broche empli de verre pilé tournait dans son oeil, à hurler. *Clic ! Clic ! Clic ! Clic !*

Paf !

La gifle était partie d'elle-même. Trop vite pour que Gonzague ne s'en rende compte. Trop sonné pour comprendre tout de suite qu'elle était son oeuvre. Il n'avait pas réfléchi, son cerveau ne lui avait pas permis. Son corps avait juste agi. Il avait senti la paume de sa main entrer en collision avec la joue du gamin. Le coup avait été faible, presque flasque, mais le geste était parti.

La mère fixait Gonzague avec des yeux aussi stupéfaits que ceux du gosse qui se mit à tordre sa bouche et à geindre sans vraiment pleurer. Sa mère était trop sonnée pour protester. Et partout dans le wagon s'élevaient des voix éparses. *Il l'a pas volée ... Incroyable ... mal élevé ... bien fait ...*

Le train ralentit, roulant désormais au pas jusqu'au quai. Gonzague fixait le gosse qui avait cessé de grogner, se contentant d'un rictus de mécontentement. Gonzague demeurait immobile et pâle comme un fantôme. Il n'avait jamais giflé personne de sa vie. Il n'en revenait pas d'avoir fait cela. Il se laissa porter par le train, tellement sidéré par son propre geste qu'il ne s'aperçut pas tout de suite que sa migraine avait brusquement disparu.

*

Le jour était déjà tombé lorsque la Classe A de Gonzague gravit l'allée résidentielle qui finissait en cul de sac sur un bois. Sa maison était la dernière de l'allée. Une jolie bâtisse des années soixante plantée au milieu d'un grand jardin.

Il gara sa voiture derrière la maison à côté de la Renault Espace qu'utilisait sa femme et entra dans la maison avec son sac de voyage à l'épaule. Mona regardait la télévision à bas volume en lisant un magazine. Elle se leva, vint l'embrasser avant d'observer le visage son mari qu'elle prit entre ses mains.

« Tu as une migraine mon chéri ?
- J'ai eu une crise terrible aujourd'hui vers midi.
- Oh mince ! Et ça va un peu mieux ? Tu as pris un cachet ?
- Oui ... ça a fini par passer en arrivant à Paris. »

Il faillit raconter à Mona comment sa migraine avait brutalement disparu après qu'il ait giflé un gamin dans le TGV mais la honte et la fatigue l'en empêchèrent.

« Tu as mangé quelque chose ? Il reste du poulet et de la salade.
- Non merci. Je n'ai pas très faim.
- Tu devrais aller t'allonger dans le noir alors. »

Il acquiesça, prit brièvement Mona dans ses bras pour respirer l'odeur fraiche et rassurante de ses cheveux bouclés et monta à l'étage d'un pas lesté par l'épuisement. Il avait toujours cette impression de vide et d'euphorie, la sensation de planer avec lourdeur, lorsqu'une crise était terminée.

Il passa devant la porte entrebâillée d'Igor qui refusait que l'on ferme la porte de sa chambre la nuit. Son fils de deux ans avait encore besoin de lumière pour s'endormir. Sa petite tête brune dépassait de la couette bleue. Il dormait profondément. Gonzague passa son chemin pour ne pas le réveiller.

Lorsqu'il se fut déchaussé, il décida de prendre une douche fraiche avant d'aller se reposer. Il se sentait toujours crasseux après un trajet en train.

Il était vingt-deux heures lorsqu'il s'allongea sur le lit. Il regardait la lune par la fenêtre, ronde et blanche au dessus du bois qui escaladait la colline. Il poussa un profond soupir en songeant à cette crise terrible et la façon dont elle s'était achevée.

Sa toute première migraine datait d'un peu plus de trois ans, quelques mois après s'être marié et quelques mois avant que Mona ne tombe enceinte.
Le mal était entré dans sa vie le jour de ses vingt-neuf ans.
Il avait fait très beau ce jour-là, et Mona avait convié leurs familles et amis au tout premier barbecue organisé dans le jardin, avec du mobilier et du matériel flambant neuf. A l'intérieur, les travaux venaient d'être terminés et la maison sentait encore la peinture fraiche. Au début, Gonzague avait cru que son mal de tête sourd était dû aux odeurs de peinture et à celles des bâches en plastiques qui traînaient encore ça et là. Il avait pensé que cela irait mieux une fois à l'extérieur pour le déjeuner.
Et la douleur s'était aiguisée au fil des heures, diffuse à l'apéritif, irradiant sa tempe gauche au long du déjeuner, sous forme de pointe s'enfonçant dans l'oeil gauche au moment de souffler les bougies. Il avait pris deux aspirines et fait comme si de rien n'était, et avait dû avouer à demi-mot à sa mère qu'il avait un léger mal de tête. Il avait de plus en plus mal lorsque les invités partirent en fin d'après-midi. Il avait observé Mona commencer à tout ranger,

immobile. Lorsqu'elle lui avait demandé de lui donner un coup de main, une pulsation se mit à battre dans sa tempe à chaque mouvement. Enfin, l'une d'elle fut si violente qu'elle lui donna un haut-le-coeur et lui arracha un cri.

Mona avait accouru devant son mari qui avait laissé tombé sur le gazon l'assiette sale qu'il portait pour se tenir la tête des deux mains. Ses yeux étaient fous de panique. *Emmène-moi aux urgences,* avait-il crié, essoufflé et affolé. *Je fais une attaque cérébrale, vite ! Vite !*

Après une prise en charge rapide et un bref examen, le médecin urgentiste, un petit homme brun et trapu doté d'une énorme moustache, avait affiché une mine rassurante que Gonzague n'avait d'abord pas comprise.

« Ce n'est qu'une migraine, avait-il annoncé, avant de lui donner un anti-inflammatoire qu'il avait déjà pris pour d'autres douleurs par le passé, ainsi qu'un antalgique à avaler dans un gobelet.
- Mais, ce n'est pas un AVC ? Vous êtes sûr ?
- Absolument sûr, Monsieur. Vous allez pouvoir rentrer chez vous tranquillement. C'est votre femme qui conduit ?
- Euh ... oui ?
- Tant mieux tant mieux, il n'y a rien à faire d'autre que du repos, un anti-inflammatoire et un anti-douleur au besoin, et cela passera ce soir ou demain.
- Demain ? avait-il répété, encore persuadé la minute d'avant d'être en danger de mort imminent. Je ... c'est *ça*, une migraine ?
- C'est bien ça oui, je suis moi-même migraineux. Bienvenu au club.
- Parce que ça va recommencer ?
- Ça dépend. Il arrive que certaines personnes ne fassent qu'une crise ou deux dans leur vie. Pour d'autres la chose devient plus fréquente.

- Donc, si ça recommence, je ne vais pas aux urgences ?
- Si ça recommence, vous prenez un médicament contre la douleur. Et vous prenez rendez-vous avec votre médecin traitant pour qu'il définisse le meilleur traitement pour vous en cas de crises répétées.
- Je vois … Alors je ne vais pas mourir ce soir ?
- Pas du tout. Vous êtes en parfaite santé, vous pouvez rentrer chez vous. »

Gonzague et Mona étaient rentrés chez eux soulagés et un peu sonnés. Le temps que Gonzague aille se coucher, la migraine avait disparu, et il avait dormi d'un sommeil de plomb.

Il s'était ensuite écoulé plusieurs semaines où il avait pensé être épargné. Jusqu'à ce que le mal ne frappe à nouveau, lors de la première communion d'une petite cousine de Mona à Auxerre. Il avait passé une journée atroce. Le lendemain, alors qu'il avait toujours mal, il avait pris rendez-vous chez son médecin généraliste.

Ainsi, en trois ans, Gonzague avait essayé plusieurs traitements d'antalgiques et d'anti-inflammatoires qui ne marchaient qu'un temps à chaque fois, et certaines règles d'hygiène de vie de pur bon sens, comme des horaires réguliers, un bon sommeil, le moins d'écrans possible, du sport, beaucoup d'eau et une alimentation saine. Mais rien, lui avait-on dit, n'empêcherait une nouvelle crise de se produire. *On épouse sa migraine*, avait déclaré un autre médecin que le sien lorsqu'il avait souhaité entendre un autre avis médical. *Parfois c'est elle qui mène la danse, et vous devrez faire avec elle.*

Danser avec la douleur, jongler avec elle, l'épouser, faire avec elle. L'image prit peu à peu son sens lorsque les crises se multiplièrent, parfois sur une durée de trois jours et trois nuits. Jusqu'à parfois deux fois par semaine.

*

Mais cette fois-ci, pour la première fois depuis des années, les semaines s'écoulèrent sans que rien ne se passe. Gonzague n'osait pas croire qu'il était guéri. Il ne voulait pas s'avancer trop vite et se porter malheur. Mais force était de constater que chaque jour, le soleil se levait et se couchait sans qu'il n'eut à souffrir d'aucun mal.

Il se demandait parfois, l'âme enflée de honte et de remords, si la gifle infligée à ce gamin mal élevé n'avait pas créé un choc dans les circuits de son propre cerveau, annulant le processus de la douleur. Cela était absurde, mais il ne pouvait s'empêcher de faire le lien avec cette dernière crise historique. Il y pensait quelques instants, avant d'oublier de nouveau.

Durant ce répit inespéré où il se sentait néanmoins en sursis, Gonzague reprit goût au quotidien, jouissant de week-ends entiers sans crises, il put profiter de jouer des après-midis entières avec son fils Igor dont les cris perçants de bébé et le bruit ne ressemblaient plus en rien à l'enfer mais devenait la plus merveilleuse mélodie. Il emmena Mona dîner en amoureux dans un Relais & Château de Joigny et s'offrit même un week-end avec elle dans un hôtel aux abords de Notre-Dame de Paris pour son anniversaire, laissant à ses beaux-parents leur fils pour deux jours.

Il reprit aussi goût à son travail où il pouvait enfin retrouver le dynamisme dont il avait longtemps été privé, acceptant toutes les missions supplémentaires auxquelles il avait dû renoncer. Il multipliait ses allées et venues avec légèreté au siège de Pomm'Prop' à Ruel Malmaison et ses voyages d'affaires aux contacts des clients fidèles ou nouveaux. Travailler était redevenu une bénédiction. Il se déplaçait partout, d'excellente humeur, sans crainte d'être amorti dans son élan par une crise.

Il se sentait d'autant plus motivé de ce que son supérieur Claude Maurepas, bientôt retraité, lui avait fait la confidence qu'Alain Launier, le Président Directeur Géneral de Pomm'Prop', envisageait très sérieusement de placer Gonzague Crozon au poste de Directeur Commercial après le départ de Claude.

Alors Gonzague se sentait pousser des ailes.

*

Un peu plus de deux mois après l'épisode de la gifle au gosse du train dont Gonzague n'avait rien osé raconter à Mona, la migraine revint.

Gonzague passait alors sa journée hebdomadaire au siège de Pomm'Prop' dans un immeuble bas et contemporain de la banlieue parisienne. Une sensation pénible et à peine perceptible se diffusa dans le côté droit de son cerveau dans la matinée, lors de la réunion où l'équipe marketing présentait le packaging criard de la prochaine gamme de la marque. Il se persuada durant quelques secondes que le vert fluo des nouvelles étiquettes lui avait fait mal aux yeux, avant d'abandonner cette utopie.

A la fin de la réunion, il attrapa rapidement la boite de cachets qui ne quittait jamais la poche intérieure de sa serviette en cuir et en avala un avec une longue rasade d'eau fraiche. Puis il se rendit au self du rez-de-chaussée et déjeuna avec les autres commerciaux présents ce jour-là. La douleur s'atténua durant le repas où il prit soin de manger assez copieusement pour tenir sainement jusqu'au soir, et pas trop lourd ni sucré pour ne pas alimenter son mal de tête.

Après le café, il remonta au deuxième étage avec Gilles Carron, un collègue du même âge que lui qu'il appréciait et qui était son binôme occasionnel lorsque certains gros clients nécessitaient la présence de deux commerciaux. Ils s'installèrent dans une salle de réunion libre et Gonzague briefa son collègue sur Topazur, un client potentiel dont lui avait parlé le Directeur Commercial. Il aurait besoin de travailler en équipe avec Gilles sur ce dossier. Il s'agissait d'une chaîne de villages vacances sur la côte méditerranéenne. S'ils arrivaient à convaincre le directeur des achats de les équiper intégralement en produits d'entretien, Gonzague se verrait attribuer une commission indécente, et il ne voulait pas passer à côté.

Le couple souhaitait un deuxième enfant dans un futur proche. Pour l'instant, Mona travaillait encore à mi-temps dans le salon de coiffure du centre-ville de Sens où elle était employée depuis des années. Les parents de Mona qui vivaient à quelques minutes de chez eux gardaient Igor les trois jours de la semaine où Mona travaillait, mais bien que ravis de profiter de leur petits fils, ils ne rajeunissaient pas, et seraient probablement trop fatigués pour s'occuper de deux enfants en bas âge avec la même énergie. Il avaient décidé ensemble que Mona mette son travail en pause le temps que leur hypothétique deuxième enfant aille à l'école. Et Gonzague souhaitait saisir toutes les opportunités de générer le plus de revenus possibles pour offrir une belle vie à sa famille en construction. L'achat de leur maison avait été un beau début, mais il n'était pas homme à se reposer sur ses acquis.

Il observait son collègue du coin de l'oeil, tandis que ce dernier prenait des notes. Dans un futur proche, Gonzague allait très probablement devenir son supérieur. Il fallait vraiment qu'il décroche ce client pour assoir sa position.

Le mal de tête continuait à pulser sans violence dans son oeil tandis qu'il quittait Gilles pour s'isoler dans un bureau vide. Il se concentra sur ses coups de fils et ses rapports, s'octroyant une pause chaque demie-heure pour fermer les yeux une minutes ou deux. Fermer les yeux permettait d'atténuer légèrement la sensation désagréable d'avoir une épine dans la tête.

Fort heureusement, la crise ne devint pas plus sévère. Et fort heureusement, il n'aurait pas à conduire pour rentrer chez lui dans les embouteillages de la fin d'après-midi. Il venait en voiture de temps en temps et se félicita d'être venu en train ce jour-là.

A dix-huit heures, il salua ses collègues et les deux salariés de l'accueil et marcha quelques minutes jusqu'à la station de RER de Rueil-Malmaison. Par chance, les rames ne furent que raisonnablement bondées durant les huit stations qui le séparaient de la Gare de Lyon, et il eu la chance de pouvoir s'assoir durant le trajet. Ses cinquante-cinq minutes de train jusqu'à Sens se déroulèrent dans un calme relatif, assez pour que la migraine ait disparu lorsqu'il retrouva sa voiture sur le parking de la gare.

Il conduisit jusqu'à chez lui avec le sourire. Fatigué, mais avec le sourire.

*

Une deuxième crise survint un samedi matin, une dizaine de jours plus tard. Ils avaient dîné la veille chez ses beaux-parents qui avaient également invité les parents de Gonzague qui résidaient à une cinquantaine de kilomètres. Ils avaient amené Igor avec eux vêtu de son pyjama qui avait eu le droit de regarder un dessin animé dans le salon et s'était endormi au beau milieu du dîner des adultes. La soirée avait été joyeuse, leurs parents leur avaient fait la surprise d'un gâteau au chocolat surmonté de quatre bougies représentant leur quatre ans de mariage.

Discrètement, la mère de Gonzague avait remis à son fils le collier Dior qu'il lui avait fait acheter pour Mona dans la plus grande discrétion. Il le lui offrirait le lendemain, lorsqu'il emmènerait sa femme dîner dans son restaurant préféré, dans une petite auberge à quelques minutes de Sens. Il s'en réjouissait d'avance.

Il se réveilla le samedi matin avec un spasme du côté gauche. Le mauvais côté. Il s'empressa d'avaler deux cachets à jeun, juste avant le petit déjeuner, ce qui lui tourna légèrement la tête sans réellement lui en ôter la douleur. Il joua avec son fils durant la fin de matinée tandis que Mona était partie faire des courses. Igor était surexcité ce matin-là, et braillait d'une voix aiguë qui venait directement s'enfoncer comme une lame dans le cerveau de son père. Il prit sur lui durant le déjeuner et annonça ensuite à Mona qu'il allait s'allonger. Il voulait être en forme pour emmener sa femme dîner le soir. Il avait attendu cette soirée en amoureux toute la semaine.

« Tu as une migraine ? demanda Mona.
- Oui, un peu.
- Ça faisait longtemps, remarqua-t-elle en fronçant les sourcils.
- C'est vrai. Je vais fermer les yeux dans le noir une heure ou deux. Ça va passer.
- Une heure ou deux !?
- Oui pourquoi ?

- On avait promis à Igor de l'emmener à la piscine cet après-midi.
- Merde ... J'avais oublié.
- Pas lui. *Piscine*, c'est la première chose qu'il m'a dit ce matin en allant le réveiller, il est tout content.
- C'est pour ça qu'il est aussi enjoué depuis ce matin ? »

Mona haussa les épaules.

« Bon, dit-elle, si tu ne veux pas venir, tant pis, je l'emmène seule.
- Non, non, je viens.
- Tu es sûr ? Ça va aller ?
- Une promesse est une promesse.
- Tu devrais retourner chez le médecin un de ces jours, je pense.
- Ça ne sert à rien. »

Au moment où il prononça ces mots, une douleur foudroyante lui traversa le crâne. Il se leva et se prépara.

La piscine municipale était remplie de cris, de rires, de coups de sifflet, de clapotis et de hurlements portés par des échos dans une moiteur tour à tour chaude et froide. L'odeur du chlore, les projections d'eau dans les yeux. Gonzague avait mal. De plus en plus mal. Malgré les deux cachets de ce matin qui, combinés à la migraine et aux effluves de chlore, lui donnaient la nausée. Les larmes qui coulaient de son oeil glissaient, invisibles, sur son visage ruisselant d'eau traitée. Deux heures suffocantes qui lui parurent trois jours.

Ce fut Mona qui conduisit sur le trajet du retour.

Sitôt qu'ils furent rentrés chez eux, Gonzague alla s'allonger dans le noir, enfonçant le côté gauche de sa tête dans l'oreiller, crispé de douleur. La tête lui tournait, la nausée ne le quittait pas. Mona vint le rejoindre plusieurs fois, lui demandant s'il avait besoin de quelque chose, passant une main délicate sur le front douloureux de son mari qui s'évertuait à ne pas gémir de douleur devant elle.

Lorsqu'il fut dix-huit heures, elle revint avec un sandwich à la dinde et entrouvrit les rideaux sur le jour qui avait presque disparu.

« Tiens, mange ça, ça va te faire tu bien. Tu n'as presque rien avalé aujourd'hui.
- Non, je ne peux pas. Je n'aurais pas faim ce soir sinon.
- On n'ira nulle part ce soir, annonça Mona.
- Si, si, j'ai réservé au …
- Je m'en doute, l'interrompit-elle. Je vais appeler pour annuler.
- Non, protesta-t-il. C'est notre anniversaire. Il est hors de question que tu n'aies pas un bel anniversaire de mariage. »

Mona eut une petite grimace, un froncement du visage dont elle usait lorsqu'elle voulait dissimuler une émotion trop forte. Elle s'assit près de son mari et l'embrassa dans les cheveux.

« Il y en aura d'autres, mon chéri, des anniversaires. C'est rien du tout.
- Non, c'est important.
- Je refuse que tu passes une soirée d'enfer pour me faire plaisir. Pas ce soir.
- Je suis désolé …
- Tu n'as pas à l'être. Ce n'est pas ta faute. »

Lisant la résignation et l'impuissance dans le visage de son mari, Mona prit une grande inspiration et reprit d'un ton enjoué :

« J'ai une idée. Tu manges ton sandwich. Pendant ce temps, j'appelle le restaurant et je leur demande de reporter la réservation à la semaine prochaine. Après ça tu enfiles ton jogging, tu me rejoins dans le salon, et on regarde un truc qui te fait rire à la télé, ça te va comme programme ? »

Non, cela ne lui allait pas. Il voulait emmener la femme de sa vie au restaurant ce soir-là. Mais objectivement, il n'était pas en état.

Après avoir mangé le sandwich, il prit deux nouveaux cachets qui ne firent jamais effet. Il descendit et s'installa dans le salon avec sa femme où il regarda une rediffusion de l'intégrale des Inconnus d'un seul oeil, l'autre étant fermé, ne laissant passer que des larmes. Il riait de bon coeur de temps en temps avec Mona, mais cela lui faisait mal.

Il parvint à s'endormir d'épuisement vers cinq heures du matin. Il avait toujours aussi mal le lendemain et dût renoncer à la promenade dans les bois qu'il avait prévue avec sa femme et son fils qui y allèrent sans lui et revinrent les joues rougies par le froid avec un panier de champignons.

La douleur disparut le lundi matin sur le chemin du travail, deux heures après avoir bu son premier café.

Gonzague arriva chez son premier client lessivé. Le teint cireux et les yeux cernés.

*

La troisième crise fut plus lancinante, presque langoureuse, tapie en sourdine, se tordant dans sa tête comme un serpent qui danse. Gonzague avait du mal à se concentrer.

Cela avait commencé autour d'une heure du matin, lorsqu'il s'était levé pour aller soulager sa vessie. Il avait peiné à se rendormir, et avait eu un sommeil intermittent jusqu'à ce que son réveil sonne à six heures. C'était déjà bien. S'il avait pris un médicament, il n'aurait sans doute pas dormi de la nuit. Ou au contraire, il aurait très bien dormi, mais c'était pile ou face à chaque fois, alors dans le doute, il avait préféré ne rien prendre et ne dormir qu'à moitié.

Il avait avalé deux cachets au petit déjeuner et la douleur s'était calmée une fois dans le train pour Paris. Sans être tout à fait partie, juste étouffée, muselée, prête à repartir une fois l'effet de l'antalgique épuisé.

Enfin, la douleur rejaillit comme un diable sur ressort après le déjeuner à la cantine, à cause du manque de sommeil. Gonzague avala deux nouveau cachets avant sa réunion en visio-conférence.

Il se mit d'accord avec Gilles sur les points à évoquer avec leur client potentiel de Topazur. Le rendez-vous virtuel avec Jean-Michel Nourros, directeur des achats de la chaine hôtelière, allait débuter dans trente minutes. Gonzague espérait qu'il irait mieux d'ici là.

« Ça va ? lui demanda Gilles ?
- Oui ça va pourquoi ?
- Je sais pas, tu as l'air tout crispé.
- Non, non, juste un peu mal à la tête. Bref. Donc pour mémoire, Topazur, c'est douze villages vacances répartis entre les Pyrénées Orientales et les Alpes Maritimes, et il y a deux nouveaux sites en travaux. Certains sites ont déjà leurs fournisseurs concurrents mais Jean-Michel Nourros commence à tout centraliser depuis le siège à Marseille. C'est là qu'on entre dans la brèche.
- On ne fournit aucun des sites pour l'instant ?
- Si, un seul site, dans l'Hérault, mais pas en totalité. C'est comme ça que j'ai remonté le fil jusqu'à leur siège.
- Joli.
- Oui, il faut pas le laisser passer.
- T'es sûr que ça va aller ? Tu as vraiment mauvaise mine.

- Ça va très bien je t'assure. »

Il n'en était rien.

Gilles le regardait, insolent de santé, irradiant de bien-être, le sourire franc, d'humeur égale, les muscles travaillés en salle saillants sous ses chemises ajustées.

Gonzague eut un spasme dans la tête à la seconde où ils s'assirent côte à côte devant l'ordinateur portable de Gilles dans la salle de réunion. La douleur l'obsédait, bientôt, son oeil allait couler, il allait devoir l'essuyer devant le client, face à la caméra de l'ordinateur. Il allait devoir abréger ses phrases, chaque son qui sortirait de sa bouche allait résonner dans le côté douloureux de sa tête. Il allait foirer son entrevue. Il allait louper ce gros poisson essentiel à son évolution. *C'est trop important, je joue mon avenir. J'ai mal, j'ai mal !* hurlait-il dans sa tête. Un flash lui revint. Le gosse dans le train. La gifle, presque irréelle, comme dans un demi-rêve. L'accès de violence qui l'avait libéré des barbelés qui lacéraient son cerveau. Terrassé par la violence d'un nouveau spasme, Gonzague n'eut qu'à peine le temps de réfléchir avant de se tourner vers son collègue de profil et d'abattre la paume de sa main sur sa joue.

Gilles porta la main à son visage et se tourna vers Gonzague, abasourdi. Il fixa son collègue d'un grand regard sidéré, comme l'on regarde une personne qui a soudainement perdu la raison.

« Gilles ! Mon Dieu ! Je suis désolé ! » s'empressa de dire Gonzague en lui posant une main sur l'épaule. Gilles eut un mouvement de recul apeuré.

« Il y avait une saloperie de moustique ! fit Gonzague d'un ton haletant. J'ai eu un mauvais réflexe ! Je t'ai fait mal ?

- Non ... mal non. Tu n'as pas tapé fort. Mais, tu m'as tapé quoi ...
- Je suis désolé, fais voir. »

Gilles écarta la main de son visage.

« Tu n'as rien. Mais je suis navré. Pardonne-moi.
- Mais j'ai pas vu de moustique, moi.
- Il y en avait un, un super gros, je te jure.
- Tu l'as eu au moins ? »

Gonzague fit mine d'examiner la paume de sa main à la recherche d'un insecte écrasé.

« Apparemment non. Il a dû partir. Quel enfoiré ... Ça va aller ?
- Ouais, ça va c'est rien. Par contre fait gaffe la prochaine fois quand même avec les réflexes.
- Tu as raison. Je suis vraiment désolé. Tu es sûr que tu ne m'en veux pas ?
- Pas du tout, oublions ça. »

Gonzague se rassit. Juste à temps pour le début de la téléconférence avec Jean-Michel Nourros. Il se rassit honteux, se jurant de ne jamais recommencer.

Honteux mais galvanisé. Car à la seconde où il avait tapé sur son collègue, sa migraine avait cessé.

*

« Ça va ? C'est agréable ce massage ? demanda Jacinthe en se penchant au-dessus du bac à shampoing.
- Pas autant que quand c'est ma femme, répondit Gonzague en adressant un clin d'oeil à Mona qui terminait la manucure qu'une vieille dame.
- Fayot ! » cria la cliente à la manucure.

Mona et sa collègue Jacinthe éclatèrent de rire. Igor passa une tête depuis l'arrière-cour du salon de coiffure avant de repartir en courant jouer au ballon avec la petite-fille de la patronne qui avait son âge. Cette dernière avait profité d'une heure creuse pour s'octroyer une séance de shopping dans le centre ville, laissant boutique et enfants à ses deux employées.

Jacinthe rinça le shampooing de Gonzague et le fit s'assoir face au miroir.

« La même chose que d'habitude ? demanda-t-elle à Mona.
- Ah d'accord, fit Gonzague. C'est pas moi qui décide de ma tête ?
- Comme d'habitude, claironna son épouse. Ne coupe pas trop court, c'est tout.
- C'est noté, dit Jacinthe. Ça te va Gonzague ? Ou tu as une dernière volonté ? »

Il haussa les épaules.

« Ce que femme veut ...
- C'est parti. »

Jacinthe s'empara du peigne et des ciseaux.

« Alors ces migraines ? demanda-t-elle. Mona m'a dit que tu as eu une sacré crise il y a quelques mois à la piscine.
- Oh, il était dans un état le pauvre ! s'exclama Mona depuis la table à manucure.
- Oui c'était une horreur », concéda Gonzague.

Il parlait parfois migraines avec Jacinthe lorsqu'il venait se faire couper les cheveux au salon. Jacinthe avait une soeur un peu plus âgée qu'elle qui souffrait de migraines depuis l'enfance. Si Jacinthe n'avait jamais personnellement fait l'expérience d'une crise, elle avait conscience des problématiques auxquelles sa soeur avait du faire face toute sa vie.

« Mais ça va mieux, depuis quelques temps, avoua-t-il. J'ai eu un début de crise au travail peu après. Et depuis, plus rien ! »

Il ne mentionna pas la torgnole qu'il avait mise à Gilles qui avait miraculeusement mit fin à la crise, lui permettant de décrocher un rendez-vous à Marseille avec leur client potentiel. Gilles, de bonne composition, avait aussitôt pardonné, aussitôt oublié. Mais Gonzague s'en voulait encore. Il se trouvait lamentable. Pour Gilles et pour le gosse du train. Il ne recommencerait plus. Même si les migraines revenaient. Et elles reviendraient. Il ne taperait plus personne. C'était absurde, égoïste et indigne.

« Ça fait bien deux mois que je suis tranquille, conclut-il.
- Pour notre plus grand plaisir à tous, intervint Mona.
- Tu prends un nouveau traitement de fonds alors ? demanda Jacinthe.
- Non. J'avais essayé une seule fois il y a un an mais j'ai dû arrêter à cause des effets secondaires.
- Ça lui donnait mal au ventre, dit Mona.
- C'est dommage, parce que ça marche plutôt bien. En tout cas ça a fait des miracles sur ma soeur. Depuis qu'elle prend son traitement tous les jours, les crises ont diminué de moitié, et elles sont nettement moins violentes. Le temps qu'elle ne passe plus allongée dans le noir, elle le passe maintenant à profiter de ses enfants.
- Elle a de la chance. Moi ça ne m'a pas réussi. J'ai toujours mes cachets sur moi en cas de crise, et l'ordonnance qui va avec au cas où, parce qu'il faut une ordonnance pour les acheter depuis peu. Des jeunes qui s'amusaient à faire des cocktails et les mélanger avec de l'alcool sont morts. Du coup si j'ai une crise et pas de cachets, je dois aller voir le médecin. Tu vois la blague ?
- Honteux. Comme si ce n'était pas déjà assez compliqué. Enfin, l'essentiel, c'est que tu ailles mieux.

- Pourvu que ça dure oui, dit Mona.
- Je croise les doigts » dit-il.

*

Le Salon de l'Hygiène était surchauffé. Il y faisait chaud et moite, à l'exact opposé de l'hiver grenoblois qui sévissait au-dehors. Gonzague transpirait depuis la veille sur le stand de Pomm'Prop' dressé pour les trois journées du salon.

Le mousseux des coupes en plastique de la veille au soir sur le stand avait réveillé une épine dans son oeil gauche dès la première gorgée. Les biscuits secs industriels et trop salés qu'il avait aussitôt avalés dans l'espoir de colmater la catastrophe potentielle n'avaient fait que dérouler le tapis rouge à la migraine. Un tapis rouge semblable à la moquette recouvrant le salon, piétinée par des centaines de chaussures de ville.

Malgré le confort de l'hôtel où il séjournait avec l'équipe de Pomm'Prop', il avait passé une sale nuit. Gilles aussi transpirait légèrement dans son costume, perdant un peu de sa superbe. Aurélie, l'autre commerciale présente, et Amaury, le stagiaire qu'ils avaient fait venir, s'essuyaient régulièrement le front en souriant face aux visiteurs du stand. Quant à Claude Maurepas, le directeur commercial, venu en inspecteur des travaux finis et allant de stand en stand pour allez taper dans le dos de vieilles connaissances, pas la moindre goutte de sueur sur son visage.

Gonzague saluait les têtes qu'il connaissait la mâchoire crispée, l'oeil larmoyant, déballait son argumentaire de camelot d'une voix mécanique à chaque visiteur en essayant d'y insuffler le plus de sympathie que le mal de tête lui autorisait, se transformait en distributeur automatique de cartes de visite.

De loin, il entendait le rire gras de Claude Maurepas qui se rapprochait parmi les échos de la cacophonie ambiante. Bientôt ses pas lourds virent faire vibrer l'estrade de Pomm'Prop'.
« Vous vous sentez bien Gonzague ? demanda-t-il.
- Oui, pourquoi ?
- Vous avez l'air absent, mon petit. »
Le ton de son supérieur était lourd de sous entendus. Un commercial ne doit pas avoir l'air absent. Un directeur commercial encore moins. Il ne pourrait pas devenir directeur commercial avec l'air absent.
« C'est juste un mal de tête, ajouta Gonzague. J'ai pris un cachet tout à l'heure.
- Et ça fait effet ?
- Ça commence », mentit-il.
Car d'heure en heure, c'était de pire en pire.

Il regardait autour de lui en spectateur enfermé dans une bulle floue. Ses collègues s'activaient, des silhouettes anonymes déambulaient avec des badges autour du cou. Son oeil brouillé d'eau déformait la moitié de tout. La moitié des gens. Mais il percevait tous les sons, et la lumière plus que n'importe qui ici.
Tu devrais taper quelqu'un.
C'était hors de question. *Comment je peux penser des choses pareilles ?* Le mal battait dans sa tempe. *Tu devrais vraiment taper quelqu'un. Tu irais tellement mieux après.*
Non. Non. Non. Quel connard mais quel connard ça suffit !

Il fallait qu'il fasse quelque chose. Il prévint Gilles qu'il s'absentait et se dirigea vers les toilettes du salon.

Peut-être que si je me tape moi-même ça marchera.

La pièce était vide. Les portes des cabines ouvertes. Gonzague s'approcha du miroir, hésita un instant devant son reflet maladif. Il ôta ses lunettes et les posa sur le rebord du lavabo. Il lui fallait faire vite avant que quelqu'un n'entre et le prenne pour un fou.

Un ... deux ...

Il s'administra une grande gifle sur la joue. Il suffoqua un instant, à l'affut d'un changement. La douleur perça son crâne. Plus forte, plus vigoureuse que l'instant d'avant.

Quel con mais quel con mais quel con !!!

Tout ce qu'il avait gagné fut une douleur plus vive et la joue droite rougie. Il pleura des sanglots de nerfs, brefs et sans larmes, avant de remettre ses lunettes en place.

D'un pas de condamné, il traversa de nouveau le salon et reprit sa place sur le stand. Planté comme un drapeau en costume noir, il regarda les visiteurs de fin de journée défiler. *Tape. Tape.* Du plus profond de lui, il avait envie de frapper chaque personne qui foulait la moquette amovible du Salon de l'Hygiène. Mentalement, il distribuait des tartes à tout le monde au compte-goutte. *Si seulement je pouvais ... ne plus avoir mal.*

Il voulait gifler le stagiaire et son air de jeune premier exempt de mal de crâne. *Mais vas-y Gonzague je t'en prie !* Il avait envie de frapper tout le groupe de Belges qui passa devant lui comme ces personnages dont on frappe la tête en plastique qui jaillissent de leur trou à la fête foraine. *Fais-leur leur fête ! Frappe-les tous et tu n'auras plus jamais mal !* Il eut un léger haut-le-coeur. Un commercial rougeaud d'un stand concurrent passa avec un verre de rosé à la main. *Regarde celui-là ! Il a pas une tête de champion !? Allez tape !* Son poing se crispa quand un type passa avec tout un tas de prospectus dans les mains. *Qu'est-ce que t'attends ? T'as pas envie que le supplice passe ?* Il laissa passer deux autres types en bras de chemises. Sans les taper. *T'as envie d'avoir mal à la tête c'est ça !?*

Il regarda les gens continuer à passer devant le stand, essuyant son oeil qui coulait.

*

Cela ne passait pas. Les crises étaient de plus en plus rapprochées. De plus en plus longues et de plus en plus vives. Gonzague ferma les yeux dans le train qui le ramenait de Paris. Dehors, le soir était tombé. Il repensait à la migraine du salon de Grenoble trois mois plus tôt. Elle avait duré soixante-douze heures. Comme celle qui devrait bientôt se terminer. Si ces calculs étaient exacts, il aurait encore mal jusqu'à demain matin. Ce qui impliquait une troisième nuit d'insomnie avant ses rendez-vous clients du lendemain où il devrait conduire jusqu'à Chenôvre, puis aux environs de Beaune.

Il pâlissait de semaine en semaine, maigrissait, mais tentait de faire bonne figure, au travail comme à la maison. Mona lui avait annoncé qu'elle était enceinte lorsqu'il était rentré de Grenoble et il ne voulait pas l'inquiéter. Et il voulait le poste de Claude Maurepas lorsqu'il prendrait sa retraite. Il fallait qu'il y arrive.

Mais qu'est-ce que j'ai mal.

Il sortit du train et traversa la gare de Sens comme un zombie en direction du parking. Il se dirigeait vers sa voiture et crut entendre des cris. Il tourna douloureusement la tête et vit des formes humaines s'agiter à la lueur des réverbères.

« Mais calme ta joie toi, fous nous la paix ! braillait une voix de jeune fille.
- Tu lâches ma copine toi ! fit une autre voix féminine.
- Bande de petites putes ! Ça s'habille court comme ça et ça s'étonne. »

La dernière voix était masculine. Deux jeunes filles à peine sorties de l'adolescence tentaient de rentrer dans une Twingo, et en étaient empêchées par deux types en d'une vingtaine d'années. L'étau se resserrait. L'un d'eux empoigna le bras de la propriétaire de la voiture et fit tomber ses clés sur le bitume. L'autre type se rua sur la passagère et la ceinturait de ses bras.

Gonzague lâcha sa serviette et jaillit de l'ombre. Il sauta sur le type le plus violent qui, surpris, poussa un cri aigu. L'agresseur lâcha la jeune fille qui en profita pour lui administrer un coup de genou à l'entrejambe tandis que Gonzague continuait de le taper. Surpris, l'autre agresseur avait lâchée sa proie qui se mit à frapper Gonzague à son tour. Il repoussa la fille qui tomba sur les fesses pour aller aider son ami en difficulté. Il reçut une baffe de bienvenue de la part de l'inconnu qui avait jailli de nulle part. Un grand type pâle et gringalet doté d'une force insoupçonnée.

« On se casse, mec ! dit-il à son complice. On se casse, vite ! C'est un malade celui-là ! »

Les lâches détalèrent à toute vitesse hors du parking tandis que la passagère de la Twingo aidait son amie essoufflée à se relever.

Gonzague reprenait son souffle. Il avait sauvé deux jeunes filles d'une agression et n'avait plus mal à la tête. L'expression joindre l'utile à l'agréable prenait tout son sens.

« Ça va aller les filles ? Ils ne vous ont pas blessées ?
- Je crois pas non, fit la conductrice. Ça va ? T'as rien non plus ? »

Son amie secoua la tête, toujours effrayée. Elles se tenaient par le bras, encore tremblantes mais le visage volontaire, les yeux guerriers.

« Merci Monsieur, vous nous avez sauvées.
- Je vous en prie. C'était la moindre des choses.
- Peut-être, mais si vous n'étiez pas intervenu ... je sais pas ce qu'il se serait passé. Ils avaient des couteaux.
- Vraiment ? Je n'ai rien vu.
- Ils en avaient, affirma la fille. J'en ai vu au moins un. Les deux devaient en avoir. »

Gonzague réalisa brutalement ce à quoi il avait échappé. Si les types l'avaient vu arriver, ils se serait peut-être pris un coup de lame.

« Bon, l'essentiel, c'est que vous n'ayez rien. Vous devriez aller porter plainte tout de suite. Voici ma carte, si jamais il fallait que je témoigne. Mais allez-y maintenant. Des types comme ça, ça doit pas traîner dans la nature.
- Merci, Monsieur, merci encore. »

La conductrice lui serra la main. Elle tremblait encore beaucoup. Son amie fit de même. Puis il tourna les talons et regagna sa voiture.

Il démarra et s'éloigna avec un sourire de justicier sous son masque. Sans l'avoir vu venir, sans avoir rien voulu, il était passé pour un héros.

Parfois la vie était bien faite.

*

Gonzague embrassa Mona sur le perron avant de prendre Igor dans ses bras. Un beau soleil matinal inondait déjà l'herbe humide.

« Tu reviens quand alors ? demanda-t-elle.
- Dans deux jours. Le temps d'arriver à Marseille en fin de journée. Le rendez-vous, c'est toute la journée demain et il sera suivi d'un dîner. Je rentre le lendemain.
- J'espère que tu vas avoir ce contrat. Je penserai à toi tout le temps.
- Oui, envoie-moi tes bonnes ondes. Je vais en avoir besoin.
- Tu n'as pas mal à la tête ?
- Non, sourit-il. Heureusement.
- Tu me ramèneras des savons ?
- Si j'ai le temps, c'est promis.
- Allez file. »

Il embrassa de nouveau sa femme et alla à sa voiture.

Il conduisit de bonne humeur jusqu'à la gare de Dijon. Il allait signer son plus gros client et se sentait en pleine forme. Dans quelques mois il serait père pour la seconde fois. Il souriait tout seul.

Il laissa sa Mercedes au parking longue durée de la gare et en sortit son sac de voyage du coffre. Il avait un peu le trac, comme pour une rentrée scolaire. Il attendit placidement l'arrivée du TGV Dijon-Marseille et monta d'un pas léger. Il avait payé le trajet de sa poche afin d'être placé en première classe à une place isolée afin de s'épargner un voisin de train trop bruyant. Ce voyage était trop important pour se permette le luxe d'être inconfortable.

Il s'installa dans son wagon agréablement vide et consulta son téléphone. Un texto de Gilles lui annonçait qu'il était dans le TGV Paris-Marseille avec Claude Maurepas qui avait tenu à venir en renfort pour rencontrer le directeur des achats de Topazur. *Et me surveiller,* pensa Gonzague. *Pour être sûr que je peux lui succéder.* Le train démarra. *Il va voir ce qu'il va voir.*

Le TGV prit de la vitesse.

Et une pulsation commença à battre dans le cerveau du jeune candidat à la direction commerciale.

« Nous vous souhaitons un agréable voyage » claironna le haut parleur, comme une provocation.

*

Claude Maurepas avait fait annuler l'hôtel standard qui avait été réservé au profit d'un établissement de standing lorsqu'il avait décidé d'accompagner Gonzague et Gilles pour rencontrer Jean-Michel Nourros.

« Vous verrez quand vous aurez mon âge, on n'a plus la santé pour dormir dans des hôtels pourris » avait-il professé.

Ce ne fut pas pour déplaire à Gonzague. En cette fin d'après-midi dans le taxi, il avait dû ôter sa veste à cause de la chaleur, et l'hôtel d'affaires était agréablement frais et silencieux.

Il avait mis sa migraine en sourdine avec les médicaments qu'il avait pris dans le train. Il monta s'allonger dans sa chambre en attendant l'arrivée de Claude et Gilles à l'hôtel.

Il se réveilla vers dix-neuf heures, téléphona à Mona pour lui annoncer que tout allait bien, prit une douche et descendit retrouver ses collègues au bar de l'hôtel. L'endroit était calme, la vitre panoramique donnait sur la mer. Claude Maurepas avait déjà vidé un premier verre lorsque Gonzague s'installa sur le fauteuil d'en face.

« Qu'est-ce que vous buvez, Gonzague ?

- Je vais prendre un Perrier.
- Un Perrier !? »

Claude observa Gonzague comme s'il était déragé ou avait dit une quelconque grossièreté. Sans doute que pour le directeur commercial aguerri aux déjeuner d'affaires pantagruéliques, le mot Perrier était une injure probable. Gonzague acquiesça, se promettant, lorsqu'il aurait pris sa place, de ne jamais finir comme son prédécesseur, en surpoids, haletant au moindre effort physique, le visage couperosé. De toute façon Mona ne lui laisserait pas l'opportunité de suivre ce mauvais exemple.

« Pas d'alcool pour moi ce soir, conclu-t-il. Que de l'eau.
- Vous êtes d'un ennui avec votre vie saine … »

Gonzague aurait pourtant rêvé d'une pression bien fraiche, la même que Gilles avait dans la main. Mais son cerveau ne le lui pardonnerait pas.

« Désolé, conclut-il. Je me rattraperais largement si on signe avec Topazur. Comptez sur moi.
- J'y compte bien, mon petit Crozon. »

Ils dinèrent dans la grande salle du restaurant. Gonzague jeta un oeil envieux aux viandes grillées de ses collègues accompagnées de portions de frites, le tout arrosé de sauce et de bière glacée, avant d'attaquer tristement sa salade de saison à l'eau plate. Et d'être le seul à se priver de dessert. Pas d'alcool. Pas de sucre. Pas de gras. *Qu'est ce qu'il ne faut pas faire pour ne pas avoir mal à la tête …*

Mais cela marchait. Son début de crise avait été tué dans l'oeuf. Une bonne nuit de sommeil après un repas léger, et il serait en pleine forme le lendemain. Il se sentait à la fois confiant et un peu anxieux.

Le dîner terminé, il laissa Claude et Gilles prendre un digestif au bar et remonta dans sa chambre pour être sûr de s'endormir de bonne heure.

Il éteignit à vingt-deux heures trente après un bref coup de fil à sa femme qui lui souhaita bonne nuit.

*

A vingt-trois heures, il commença à somnoler. Il allait s'endormir mais se leva à minuit pour aller uriner. *J'aurais pas dû boire toute cette eau.* Il se rallongea dans la pénombre. *Il ne faut pas que j'aie mal à la tête demain. Il ne faut pas que j'aie mal à la tête demain. Il ne faut SURTOUT pas que j'aie mal à la tête demain.* Nouveau voyage vers les toilettes. Il se cogna l'orteil en revenant sur le pied du lit et prononça quelques mots absolument atroces à voix haute, puis se recoucha.

A une heure du matin, il se retournait encore. *Il ne faut pas que j'aie mal à la tête demain.* Il ne dormait toujours pas. Et pas non plus trois quart d'heures plus tard. Il regarda l'heure et l'écran lui fit mal aux yeux. Presque deux heures. *Si je m'endors maintenant, ça ne fera que six heures de sommeil. Pas génial mais ça va encore.* Il lui arrivait parfois de ne dormir que cinq heures et de faire sa journée en forme grâce à l'adrénaline. Il se leva de nouveau pour aller aux toilettes la demie-heure suivante.

La crise ne commença qu'à trois heures du matin. Un petit spasme discret dans l'oeil gauche, comme on frappe timidement à la porte avant d'entrer. *Non. Non, non, non, non.*

Il jaillit hors des draps, alla fouiller sa trousse de toilette et avala deux cachets. Ils s'allongea dans le noir et ferma les yeux, le coeur battant. Il visualisa sa journée de demain. Dix heures précises, rendez-vous au siège de Topazur. Ensuite, déjeuner avec Jean-Michel Nourros à proximité. Départ pour le site le plus proche près de Cassis pour une visite. Retour au siège dans l'après-midi pour une dernière réunion. Le soir, dîner dans un restaurant réputé de Marseille avec le client.

Il allait falloir tenir la journée. Il pria silencieusement pour que la douleur se taise comme elle l'avait épargné plus tôt dans la journée. Les cachets lui donnèrent envie de pisser. Il se releva et reçut une tige de barbelés le transperçant de la tempe au sinus à travers l'oeil.

« Putain !! »

Il urina sans allumer la lumière et se recoucha. Son visage n'était plus qu'un masque grimaçant de douleur dans le noir. Ses deux yeux coulaient en même temps. L'un de souffrance, l'autre de désespoir.

Comment ? Comment je vais m'en sortir ?

Il était cinq heures du matin. Il n'avait plus que trois heures pour espérer dormir. *Tu n'es propre à rien. Tu n'es capable de rien.* Il enfouit profondément le côté douloureux de sa tête dans l'oreiller. *Tu vas rater ta journée. Rater le contrat. Rater ta promotion pour tes petits bobos. Tu es un échec. En tant que mari. En tant que père.* Il savait qu'avec moins de trois heures de sommeil il serait dans un état catastrophique demain. Plus aucune bonne surprise, plus aucun miracle n'était possible. *Tu vas en chier ta mère.* Il pleura, agité de sanglots qui lui frappaient le crâne comme des pioches. *Incapable. Incapable.*

Tu irais mieux si tu étais mort. Mort, tu n'auras plus jamais mal.

Il s'endormit à sept heures passées. Une vingtaine de minutes avant que son réveil ne sonne.

*

Ses pas étaient lestés de plomb lorsqu'il descendit à la réception. Gilles et Claude n'étaient que deux formes vagues dont les visages inquiets se firent plus nets tandis qu'ils se rapprochaient.

« Ça va Gonzague ? » firent des échos de voix qui lui vrillèrent le cerveau.

Il crispa un sourire qu'il voulut convaincant et qu'il n'aurait pas aimé voir dans un miroir. *Courage. Courage. Tiens la journée. Tu vas y arriver.*

Ils arrivèrent dans les bureaux de Topazur sans même qu'il ne s'en rende compte. Le trajet en taxi semblait avoir glissé dans une faille temporelle. Et le soleil perçait la tête de Gonzague à travers son front. *Tiens bon.* Il avait la nausée. Il avait appelé Mona avant de descendre et tenté de la rassurer sur son état. *Tu essayais de te rassurer toi-même. C'était surtout ça.*

Une jeune femme en tailleur bleu ciel les invita à s'asseoir dans une grande salle de réunion donnant sur la rue bruyante. Chaque coup de klaxon lui provoquait un spasme. La lumière crue venant du faux plafond l'aveuglait. *Tu devrais taper, tu sais. Tu devrais taper quelqu'un.* Il eut un léger vertige. *Tu irais mieux après. Si tu tapes quelqu'un maintenant tu pourras signer ton contrat.*

Enfin, l'homme sur qui reposait son avenir entra dans la pièce. Jean-Michel Nourros en chair et en os. Beaucoup plus grand qu'il ne le paraissait en visioconférence, les cheveux coupés ras qui lui faisaient comme un casque sur la tête. Il portait une chemisette bariolée assortie d'une cravate fluorescente. Il écarta les bras en entrant dans la salle.

« Enfin, toute l'équipe de Pomm Prop'! Ravi de vous rencontrer en vrai, depuis le temps que l'on se parle ! »

Tous se levèrent tandis que le directeur des achats s'approchait pour leur serrer la main. Lorsque Gonzague fut debout, ce fut comme si milles poignards munis d'éclats de verre entraient dans son oeil à l'aide d'une perceuse. Il resta debout, raidi par le foudroiement intolérable qui venait d'avoir lieu dans son crâne.

Jean-Michel Nourros serra chaleureusement la main de Claude Maurepas qui le salua de sa voix de ténor. Toute l'âme de Gonzague hurlait de souffrance. L'homme serra ensuite la main de Gilles qui lui adressa ses respects polis.

Enfin, l'homme d'affaires s'approcha de celui qui l'avait contacté de nombreux mois auparavant. Il se trouva face à face avec lui, et eut de la peine à reconnaitre ce visage congestionné, où une veine pulsait furieusement sur sa tempe.

« Gonzague Crozon, fit-il gaiement, comme je suis heureux. »

Il tendit la main à Gonzague. Gonzague leva la sienne. Trop haut.

Et Gonzague frappa Jean-Michel Nourros en plein visage.

Il entendit des cris de surprise, des cris de protestation, d'indignation. Il voyait Jean-Michel Nourros se frotter la joue à travers son oeil larmoyant. Il sentit les pas de son supérieur derrière lui. Il se retourna et frappa son patron, trop abasourdi pour avoir mal.

Gonzague, lui, n'avait plus mal. Toute douleur l'avait soudainement quitté. Alors il se mit à rire. De soulagement, de fatigue, de nerfs. Bientôt, son rire devint incontrôlable.

Les trois hommes le regardèrent, sidérés, avant de se concerter silencieusement du regard.
Ce fut Gilles qui composa le numéro des urgences.

Lorsque Gonzague fut conduit à l'hôpital, il était passé du fou rire hystérique à un profond état de choc.

*

Il ne savait pas depuis combien de semaines il était là. Peut-être même des mois. Les tranquillisants qu'on lui donnait ici faisaient glisser le temps d'une drôle de façon.
Il aimait bien le parc. Il aimait bien les frites de la cantine. Il aimait bien les activités. Mais il n'aimait pas avoir mal à la tête.
Il pleurait, lorsqu'il avait mal à la tête. Comme en cet instant, dans la chambre d'isolement. Il savait qu'on l'avait mis là pour quelques heures parce qu'il avait essayé de taper un autre patient. On lui avait demandé de cesser cette pratique, que ce n'était pas bien, mais il savait qu'il recommencerait quand il aurait mal.
Enfermé dans cette pièce, c'était terrible à chaque fois. On ne lui donnait rien pour le mal de tête, on ne l'écoutait pas. Ici il était puni. Enfermé à double tour avec la douleur.
Il avait ce jour-là une migraine monstre.

MAUVAIS QUART D'HEURE

JEUDI

« Pas d'enterrement de vie de jeune fille prévu au fait ? »

Tristan connaissait déjà la réponse d'Eugénie. Il la posa simplement pour le plaisir d'observer ses mimiques. A la simple idée de s'imaginer dans un environnement social, Eugénie avait une réaction épidermique, sa bouche se crispait, ses sourcils se fronçaient. Quelque part, Tristan s'en flattait. Par l'intolérance de sa future épouse à toute forme de vie sociale, l'engagement dans le mariage avec lui tenait du miracle. Cela provoquait chez lui une sensation de victoire.

« Tu plaisantes ? »

Incrédule, Eugénie le fixait, ses baguettes en suspension au-dessus de son canard laqué. Tristan l'avait mise sur pause. Puis elle rit de la plaisanterie avant de porter la nourriture à sa bouche.

« Tu m'imagines passer tout un week-end avec une bande de filles hystériques et un diadème en plastique sur la tête ? Tu vois ce que c'est, une crise d'urticaire ? Jamais de la vie, conclut-elle en s'essuyant la commissure des lèvres.

- Je sais, mais tes amies ont peut-être prévu quelque chose ? Ça se fait, non ?
- Tu penses à qui ?
- Je ne sais pas, Corinne ? Ou Eva par exemple. Elle a insisté l'autre jour pour passer te voir à la maison. Elle avait envie de te féliciter parce

qu'elle savait très bien que tu ne voudrais pas sortir fêter ça. C'est plutôt gentil.
- Oui, oui... enfin Eva, Corinne, d'accord, ce sont des copines, mais sans plus. On n'a jamais été suffisamment proches pour que l'une ou l'autre se casse la tête à organiser quelque chose pour moi d'aussi chiant qu'un enterrement de vie de jeune fille. »

Le repas terminé, ils quittèrent à pied le restaurant chinois où ils dînaient tous les jeudis soirs, un nouveau rituel depuis qu'ils avaient emménagé dans leur nouvel appartement.

VENDREDI

Eugénie emballait les dernières commandes dans l'entrepôt avec André. Il était un peu plus de seize heures et le reste du personnel venait de partir. Elle n'avait plus qu'à terminer les paquets à faire partir le lundi suivant, et repasser faire le point sur les commandes du jour avant de fermer les bureaux.

La jeune femme avait depuis peu repris le commerce de son grand-père, une fabrique de vaisselle. Elle avait accepté de reprendre l'entreprise d'une part pour l'amour qu'elle portait à son grand-père et l'attachement qu'elle avait pour ces objets. De l'autre, parce que son caractère asocial ne lui permettait pas d'autre perspective professionnelle en dehors d'une entreprise familiale.

Juste après ses études de gestion, elle avait tenté sa chance en tant que salariée sans se poser de questions. Elle s'était bien vite aperçu qu'elle était incapable de pratiquer les excès de zèle nécessaires. Des mois durants, confite d'ennui derrière son bureau, elle avait observé les congénères avec qui elle avait été obligée faire semblant. Eugénie avait rapidement compris qu'elle ne supportait ni les petits chefs, ni les courbettes. Le vocabulaire d'entreprise lui donnait des hauts-le-coeur lorsqu'elle venait à les prononcer du bout des lèvres. Le travail d'équipe était un supplice. Elle ressentait un mépris féroce pour ses collègues qui se seraient damnés pour se faire bien voir et ne pouvait souffrir ni les hypocrites, ni les délateurs. Elle était mal tombée, pas à sa place. Bien qu'ayant toutes les compétences intellectuelles requises pour ce travail de bureaucrate, elle ne parlait pas le même langage que ces gens-là, elle n'arrivait même pas à déjeuner avec eux. Ils lui serraient l'estomac à la cantine. Elle avait fini par claquer la porte lorsque son grand-père fatigué lui avait proposé de reprendre les rennes de sa petite affaire.

« On dirait que tout est emballé, conclut André en s'épongeant le visage.
- Tout juste, fit Eugénie qui achevait de scotcher le dernier carton.
- Vous avez besoin d'autre chose ?
- Non, merci André, vous pouvez y allez. Passez un bon week-end.
- Merci Eugénie. A vous aussi. A lundi. »

André sortit sur le parking. S'il avait du mal, comme le reste de ses collègues, à cerner sa nouvelle patronne, il devait reconnaitre qu'elle lui inspirait une certaine sympathie. Eugénie leur paraissait froide, distante et austère, pas tout à fait normale. Malgré cela, elle n'en était pas moins bienveillante et compréhensive. Elle savait écouter, ce dont son grand-père qui lui avait précédé n'était pas toujours capable. Elle parvenait à dégager de brèves étincelles de chaleur filtrant à travers une armure invisible. Très courtes mais d'aspect sincère. Ainsi, sans tout à fait comprendre pourquoi, si l'on ne savait trop que penser d'elle, on l'appréciait malgré tout.

On savait qu'elle s'était fiancée. On avait remarqué le brillant qu'elle portait à l'annulaire depuis quelques semaines. C'était étonnant, de l'imaginer épouser un individu.

*

Eugénie enfila sa veste le temps que le vieil ordinateur s'éteigne. Le soir de novembre venait de tomber. Les stores étaient baissés, tout était calme. Il y eut le son de veille de l'ordinateur qui sonnait toujours comme un dernier gémissement avant la mort. L'appareil était si vieux qu'elle craignait, à chaque fois qu'elle l'éteignait, qu'il ne se rallume plus jamais. Enfin, satisfaite de cette fin de semaine, elle ferma la porte à clé.

Une fois dehors, alors qu'elle verrouillait la porte de la fabrique, elle crut entendre un bruit. Eugénie accéléra son double-tour sur la serrure et se retourna. A l'exception de sa voiture, le parking était désert.

« André ? hasarda-t-elle. André c'est vous ? »

Il ne faisait aucun doute qu'André était parti depuis longtemps déjà. Comme toutes âmes vivantes travaillant alentour. Aucun véhicule ne circulait plus sur l'allée desservant la zone industrielle. Les usines, immeubles de bureaux et autres entrepôts étaient déjà mis en veille, et leurs portails verrouillés, leurs utilitaires endormis, bien parallèles sur les parkings. De la tôle grise et du béton figés dans un silence de cimetière. La jeune femme n'entendait plus que le son de sa propre respiration. Elle eut brusquement l'envie irrationnelle de quitter les lieux le plus vite possible.

Soudain, elle sentit quelqu'un derrière elle. Et le noir fut total.

*

Tout s'était passé très vite. Eugénie suffoquait. On lui tenait les bras et elle ne voyait plus rien. Il se déroula une demie seconde avant qu'elle comprenne qu'on lui avait enfoncé un sac en toile sur la tête, et qu'elle ne commence à se débattre. Et une seconde entière avant qu'elle n'entende un concert de rires étouffés.

Elle voulut crier mais manquait d'oxygène, et les sons mourraient à l'intérieur du tissu. Elle sentit qu'on la poussait. Elle résista en portant tout son poids vers l'arrière, mais on la poussa avec plus de force, l'obligeant à avancer en trébuchant. Il ne fit plus nul doute, à présent, qu'on était en train de l'enlever.

Le plus effrayant tenait dans le fait que ses ravisseurs opéraient en riant.

C'est peut-être une blague, se dit-elle. *Non, c'est pas possible, une blague ne peut pas aller aussi loin.* Une plaisanterie ne pouvait pas avoir si mauvais goût. Cela n'avait rien de drôle, c'était terrifiant.

Elle pensa à Tristan qui l'attendait, au film qu'ils devaient aller voir au cinéma, à leur nouvel appartement, à ses parents et à son mariage. Elle pensa à sa vie entière qu'on lui subtilisait à l'instant sans qu'il n'en eut été question la minute précédente.

Elle tenta une manœuvre désespérée pour se dégager, en vain. On lui baissa la tête. Puis elle fut poussée à l'intérieur d'un habitacle.

Mon Dieu non...

Elle ferma les yeux. Deux larmes s'échappèrent. Le véhicule démarra. Et dans sa tête, Eugénie commença à prier.

*

A peine le véhicule eut-il démarré qu'on lui arracha le sac de la tête. D'instinct, Eugénie se projeta dos à la portière arrière pour s'écarter le plus loin possible de ses ravisseurs.

Elle retint son souffle, tenta de voir à travers les larmes qui lui noyaient la vue. Il s'agissaient de ravisseuses. Trois jeunes femmes hilares. Trois filles qu'Eugénie connaissait.

« Surprise ! », firent-elles en choeur.

Hagarde, hésitant encore entre le soulagement infini et la colère aveugle, Eugénie lança des regards fous à Corrine à côté d'elle sur la banquette arrière, Eva qui se contorsionnait sur le siège passager et Vanessa, derrière le volant qui tentait tant bien que mal de se concentrer sur la route.

« Mais vous êtes complètement dingues !? » finit-elle par hurler.

Corrine lui posa doucement une main sur le bras tandis que les deux autres terminaient leur crise de rire.

« Désolée ma belle, on voulait juste te surprendre, pas te traumatiser.
- C'est raté, fit sèchement Eugénie. Mais sérieusement, qu'est-ce que c'est que cette histoire ?
- Ton enterrement de vie de jeune fille ! claironna Eva.
- C'est pas vrai ? ... mais ? Mais non c'était pas prévu ça j'ai ...
- C'était le but de la surprise, l'interrompit Vanessa. On t'embarque pour le week-end ! »

Oh, merde ...

Eugénie sentit son téléphone vibrer et se mit à le chercher dans son sac par à-coups furieux.

« Ce doit être Tristan, annonça Eva, je viens juste de lui envoyer un texto pour le prévenir qu'on t'embarquait à l'improviste ! »

Eugénie fut soulagée qu'il n'ait pas été de mèche dans cette histoire, car elle l'aurait considéré comme une trahison et aurait eu toutes les peines du monde à le lui pardonner. Elle décrocha avec difficulté car ses mains tremblaient encore. Elle fut rassurée d'entendre sa voix. Tristan semblait aussi inquiet qu'amusé.

« Alors on t'a kidnappée parait-il ?
- Littéralement oui. Tu n'étais pas au courant du tout ?
- Je viens de l'apprendre. Tu penses bien que si j'avais été prévenu plus tôt, j'aurais tout fait pour empêcher ça.
- Oui c'est sûr ...
- Bon écoute, tant pis, prends-le comme quelque chose de positif. »

Eugénie s'empressa de baisser le volume de son appareil et força une mine enjouée à l'intention de Corrine et Eva qui la fixaient en souriant.

« Oui oui, évidement, s'obligea-t-elle. C'est tellement gentil de m'avoir organisé tout ça !
- Ahah tu ne sais tellement pas mentir ! Bon, rappelle-moi quand tu seras plus au calme. »

*

Elles roulaient depuis une heure sur autoroute avec la radio à fond et Eugénie avait déjà mal à la tête. Elle profita de ce que ses copines se lancent dans une conversation braillée sur des gens qu'elle ne connaissait pas pour échanger quelques textos avec Tristan.

« *J'en ai déjà marre.*
- *Courage mon poussin, ça va vite passer.*
- *Ça va être interminable. C'est une punition. J'ai rien fait.*
- *Vous allez où ? Si tu n'en peux plus je viendrais te chercher. Tu n'auras qu'à leur dire que tu ne te sens pas bien.*
- *Je ne sais pas où on va justement. Elles disent que c'est une surprise, elles ne veulent pas en démordre.*
- *Tu m'appelles dès que tu sais et que tu as le programme. Et si tu es vraiment à bout, je te récupère, c'est promis.*
- *D'accord.* »

Eugénie rangea son téléphone et demeura silencieuse. Elle écouta ses amies échanger leurs ragots, entendait des noms qu'elles connaissait juxtaposés à ceux d'inconnus. Elle se demanda ce qu'il leur avait pris de lui organiser une histoire pareille. Elle songea à la conversation qu'elle avait eue la veille avec Tristan, encore convaincue que ses amies n'étaient pas assez proches d'elle pour se donner la peine d'élaborer tout un plan pour l'emmener en week-end.

Corrine était une amie de lycée avec qui elle avait partagé la fin de son adolescence, mais leurs chemins s'étaient naturellement écartés durant leurs études. Si elles étaient restées en contact irrégulier, leur relation restait assez peu suivie, elles ne se voyaient que deux ou trois fois par an. Puis elle avait rencontré Eva à la fin de ses études lors d'une année d'échange à Sao Paulo et elles étaient devenues meilleures copines de promo. Elle l'avait présentée à Corrine avec qui Eva s'était tout de suite entendue et elles avaient dès lors partagé pas mal de sorties. Mais Eugénie s'était là aussi éloignée de cette amitié lorsqu'elle avait entamée sa vie professionnelle, et avait lentement perdu le fil des aventures incessantes d'Eva. Quant à Vanessa, Eugénie ne l'avait croisée qu'à de rares occasions. C'était la meilleure amie d'Eva, inséparables depuis le collège, si bien que cela faisait près de vingt ans qu'on les appelait les Evanessa.

Ainsi, Eugénie ne saisissait pas ce qui avait pu les motiver à planifier tout cela. Peut-être que c'était juste une occasion pour elles de partir faire la fête un week-end et qu'elle n'était qu'un prétexte dans l'équation. Ou peut-être que tout simplement, ces filles l'aimaient beaucoup. Ce qui, chaque fois que des gens la surprenaient par des témoignages de gentillesse, lui assenait un coup de culpabilité lourd comme une enclume.

Eugénie se désolait de ce manque d'enthousiasme contre lequel elle ne pouvait rien. Elle se sentait ingrate. Elle se prit à songer qu'elle aurait nettement préféré être capturée par ses quelques amis masculins. Elle les voyait rarement, eux aussi, mais avait une relation plus sincère avec eux, plus de facilité à communiquer. Ils n'étaient pas susceptibles et pouvaient tout entendre, ils s'amusaient de ses petites tares et de sa mauvaise humeur récurrente. Avec eux, elle aurait pu supporter l'impossibilité de s'isoler et la fatigue, car ils l'auraient fait rire. Avec les filles c'était différent, il lui fallait toujours porter attention à ce qu'elle disait, à la façon dont elle se comportait, se taire pour éviter de dire n'importe quoi qui pouvait les choquer facilement. Marcher sur des oeufs. Il allait falloir pour ce week-end qu'elle se déleste de toute spontanéité.

*

Vers minuit, elles finirent par entrer dans Lyon, et Vanessa confia ses clés au voiturier d'un hôtel quatre étoiles. Tandis qu'on les conduisait dans une suite, Eugénie s'empressa de téléphoner à Tristan pour lui dire où elle passeraient le week-end, maintenant qu'elle en avait l'adresse. Elle eut à peine le temps de lui dire au revoir qu'elle fut affublée d'un diadème et poussée dehors en direction d'une boîte de nuit.

    Elle fit ce qu'elle estimait être son devoir en feignant de s'amuser pour ne pas vexer ses amies. Mais à ce qu'elle ressentait, elle ne parvenait, au prix d'un effort brûlant, qu'à paraître le moins ennuyée possible, le moins incommodée par le monde qui l'entourait. Elle se prêta au jeu en sachant que c'était un mauvais moment à passer. Elle accepta de boire trois verres, fit semblant pour les autres qu'elle vida discrètement dans le seau à glace de la table voisine. Elle sourit sur les photos, et un peu plus longuement face au caméscope qu'Eva ne lâcha pas de la soirée. Elle dansa en essayant d'oublier qu'elle se trouvait dans une salle grouillante de monde. Elle aurait tout donné pour être installée avec Tristan devant une série d'espionnage avec un plateau de sushis.

SAMEDI

    Un soleil agressif perçait les rideaux. Eugénie ouvrit un oeil. L'eau coulait dans la salle de bains, Eva s'étirait au pied du lit et Corrine dormait encore. Eugénie tâtonna à la recherche de son portable pour voir l'heure mais sa main s'abattit sur un emballage de chocolat. Elle se leva, fouilla dans son sac.

    « Tu cherches quoi ? fit Eva en baillant.
- Mon téléphone, tu l'as vu ?
- Non. Il ne doit pas être loin.
- Bizarre, je ne le trouve pas.

- Tu ne l'aurais pas oublié hier soir dans la boîte ?
- Absolument pas, je suis rentrée avec. J'ai écrit à Tristan avant de dormir.
- Tu as regardé sous le lit ? Il n'est pas tombé ? »

Eugénie chercha plusieurs minutes encore, avec l'aide de ses amies qui fouillèrent toute la chambre en vain.

« C'est pas possible... Il n'a pas pu s'envoler ça se saurait !
- Tu as dû te le faire voler hier ou le perdre, c'est pas possible autrement, dit Corrine.
- Je te jure que je l'avais en rentrant !
- Bon, les filles, coupa Vanessa, il faut qu'on y aille. Ma chérie, je suis désolée pour ton téléphone mais il faut qu'on libère la chambre, tu utiliseras les nôtres jusqu'à ce qu'on rentre, pas de problème.
- Pourquoi, on rentre maintenant ? »

Eugénie avait posé la question très vite, avec une telle note d'espoir dans la voix qu'elle le regretta aussitôt. Ses amies affichèrent des sourires apitoyés.

« Mais non enfin, dit Eva. Tu ne crois quand même pas qu'on avait prévu que ça. Hier c'était juste une mise en bouche, le bouquet final c'est aujourd'hui !
- Ah oui ? Super ! répondit Eugénie d'une voix suraiguë.
- Allez, allez, dit Vanessa, on a encore de la route !
- Encore ? Mais on va où ?
- C'est une surprise. Tu verras ! »

Elle avait envie de claquer la porte et prendre le train. Mais elle suivit sagement ses amies. Corrine sortit son téléphone de son sac et le lui tendit afin qu'elle puisse appeler Tristan.

123

Le trajet était interminable. Eugénie s'ennuyait et n'avait pas son téléphone pour échanger avec son futur mari ou s'occuper les mains. Alors elle regardait le paysage, qui se faisait de plus en plus austère, de plus en plus sauvage. La voiture avait quitté l'autoroute en fin d'après-midi, et depuis la tombée du jour, elles évoluaient sur des routes départementales. Eugénie contemplait la campagne et se découragea de demander encore une fois où ses amies l'emmenaient.

Après réflexion, Eugénie conclut que la destination devait être un Relais & Châteaux perdu dans la nature avec un spa. Cela correspondait à ses goûts, et ses copines le savaient. Si tel était bien le cas, alors ce voyage ne serait finalement pas si pénible. Resterait juste le long, très long trajet de retour du lendemain.

Le paysage se perdait dans la brume. La bande de goudron se rétrécissait, montait et descendait, bordée de forêts denses. Certaines portions de route étaient en mauvais état et cela faisait un long moment qu'elles n'avaient plus croisé le moindre véhicule. Corrine avait repris le volant depuis la sortie d'autoroute, elle semblait savoir où elle allait, tournait aux rares carrefours sans hésitations sur la direction à prendre sans que rien ne fût indiqué par des panneaux. Vanessa s'était endormie sur le siège passager et Eva consultait régulièrement son téléphone à la recherche d'un réseau devenu inexistant.

C'est bizarre, se dit Eugénie. *Si c'est un hôtel, la route pour y accéder ne devrait pas être dans un état pareil. A moins qu'on n'ait pris un raccourci mais c'est le raccourci le plus long de l'histoire de l'humanité.*

L'espace d'un instant, elle fut parcourue d'un frisson glacial. Ces hautes collines noires recouvertes d'arbres de plus en plus vertigineux ne la rassuraient pas. *Et si on tombait en panne ici, sans réseau ni rien ?* Elle tordit ses doigts moites sur ses genoux. Elle avait peur, sans s'en expliquer l'exacte raison. Elle eut la pulsion irrationnelle de vouloir sortir et s'échapper. *Tu es folle. Tout va bien. Tu es en sécurité. Qu'est-ce que tu irais faire à courir toute seule de nuit en rase campagne sans téléphone ? Demain c'est fini, on rentre.* Elle sentit cependant le goût métallique de l'angoisse lui remplir la bouche.

La voiture s'engagea sur un chemin de terre ponctué de nids de poule et Vanessa se réveilla en sursaut.

« On est arrivée les filles !! triompha Corrine.
- C'est pas trop tôt, dit Eva.
- Vous allez me dire où on est maintenant ?
- Attends une minute, tu vas voir on y est presque ! »

Eugénie se tordit le cou mais on ne voyait pas plus loin que la lumière des phares. Puis les feux de route finirent par éclairer un portail grillagé ouvert qui se referma automatiquement derrière la voiture.

Le véhicule s'engagea dans ce qui ressemblait à un parc bien entretenu. *Ce n'est pas un hôtel,* songea Eugénie. *Si c'était un hôtel, il y aurait des lampadaires, on n'arrive pas à l'hôtel dans le noir.* Corrine tourna à gauche et s'engagea dans une longue allée bordée d'arbres immenses. Beaucoup plus loin, bien au-delà de l'éclairage des phares, Eugénie distingua de la lumière. Des fenêtres éclairées. Il fallut encore quelques mètres avant qu'elle ne distingue le bâtiment. C'était un château à deux étages qui devait dater de la renaissance dont la façade paraissait presque neuve.

« C'est magnifique ! siffla-t-elle. Merci les filles, j'adore ».

Eugénie avait toujours eu une fascination pour les châteaux. Elle rêvait d'acheter une ruine pour la restaurer. Tristan n'était pas partant, mais elle ne désespérait pas de le convaincre un jour.

Le quatuor descendit de la voiture. Eugénie s'étira. Elle était courbaturée. L'air glacial était chargé d'odeurs de conifères et de feuilles humides. Elle savoura chaque inspiration en étirant ses bras vers le haut tandis que ses amies sortaient leurs sacs de voyage du coffre. Vanessa lui adressa un clin d'oeil.

« Alors ça te plaît ?
- Plus que ça oui ! Si ça ne tenait qu'à moi je vivrais dans un endroit comme ça ! »

Elle se retint in extremis d'ajouter *loin du monde, sans personne*.

« Allez, maintenant ça va être ta fête ! » s'exclama Eva avant de monter les marches du perron. Le reste du groupe suivit.

Eva poussa la porte massive donnant sur un large hall. Un carrelage mat noir et blanc irrégulier, des murs immenses de pierre dépouillés et trois lustres pendus au plafond voûté. Des statues à taille humaine formaient une haie d'honneur jusqu'au grand escalier qui se dressait au fond du vestibule. Emerveillée, tournant la tête de tout les côtés, Eugénie en oublia Tristan et son impatience de lui téléphoner une fois arrivée à la destination surprise.

« Assieds-toi là, fit Corrine en désignant une banquette tapissée de velours. On va voir si tout est prêt ! »

Eugénie obéit et s'installa sur le coussin aux ressorts fatigués. Elle attendit. Longtemps.

Elle promena son regard sur les statues en bronze. Elles semblaient toutes façonnées par le même artiste et représentaient des hommes et des femmes sans époques, figées dans des postures raides, des expressions effrayantes sur le visage. Eugénie réfléchit mais fut incapable d'estimer la période ou le courant artistique auquel elles appartenaient.

Vanessa fit irruption en haut des marches, le visage radieux.

« C'est bon, tu peux monter ! »

Lorsqu'Eugénie eut grimpé les escaliers, Vanessa brandit un morceau de tissu noir.

« Je vais te mettre ça sur les yeux pour ta surprise.
- D'accord, mais tu me guides par le bras alors.
- Evidement, je ne vais pas te laisser te cogner partout ! »

Eugénie se laissa faire. Puis Vanessa la tira doucement et le reste ne fut plus que bruits. Une porte poussée qui se rabattit derrière elles. La voix de Vanessa lui demandant d'attendre quelques secondes. Un long froissement de tissu, une autre porte ouverte. Eugénie fut à nouveau guidée à pas lents, presque cérémonieux. Un courant d'air glacé et des marches à redescendre. Un long corridor raisonna sous l'écho de leurs pas. La semelle de ses baskets couinait au contact du sol. Puis il y eut un lourd coulissement et Vanessa fit avancer Eugénie à l'intérieur d'une salle chauffée. Elle s'imagina une table magnifiquement dressée devant un grand feu de cheminée. Elle était affamée.

Vanessa s'arrêta, fit pivoter Eugénie sur la gauche en la tenant par les épaules. Puis la jeune femme sentit que l'on dénouait le noeud derrière sa tête. Elle eut une première vision furtive et floue de la salle. Elle dut se frotter un instant les yeux pour les réhabituer à la lumière.

Lorsqu'elle les rouvrit, elle passa de la surprise à la stupeur.

Puis enfin, vint la peur.

*

Elle était incapable du moindre mouvement, d'émettre le moindre son. Ses pieds s'étaient cloués au sol, ses bras figés droits le long du corps comme ceux d'une statue. Elle ne comprenait rien à ce qu'elle voyait, n'avait pas le début d'une interprétation possible tant la scène était ahurissante.

« C'est quoi cette histoire ? »

Une trentaine d'individus la regardait. Une trentaine d'individus vêtus de la même robe pourpre dont les mains dépassaient à peine des manches. Ils la fixaient par les trous de leurs cagoules de toile, assis en cercle tout autour d'elle dans la salle dont elle ne voyait pas la porte d'entrée à cause des murs recouverts d'épais rideaux de velours sombre.

Ce doit être une blague. C'est ... c'est affreux, impensable. C'est une mise en scène sordide mais c'est une blague.

Eugénie chercha ses amies des yeux. Elle ne pouvait pas les distinguer, tout le monde portait le même déguisement sinistre. D'un instant à l'autre, la musique exploserait quelque part derrière les rideaux, les cagoules voltigeraient, on entendrait le son des bouchons de Champagne et les chippendales déchireraient les coutures de leur costumes autour de ses amies hystériques. Une pluie de paillettes allait déferler et les filles monteraient danser sur les bancs.

Mais la pièce demeura figée dans un silence spectaculaire. Les yeux ne cillaient pas derrière les cagoules, seules les toiles des vêtements semblaient s'affaisser sous l'effet des respirations inaudibles. Le coeur d'Eugénie se mit à cogner, cogner, jusqu'à devenir assourdissant, à fracasser sa cage thoracique. Sa vessie allait lâcher. Elle se mit à rougir et à suffoquer. La pièce tournait autour d'elle. *C'est un cauchemar, c'est un cauchemar ...*

« Eugénie Rievel ».

Son nom avait sonné comme un coup de tonnerre lancé par une voix d'homme.

« Eugénie Rievel », entendit-elle encore.

Saisie de vertige, elle pivota, parcourut les silhouettes en cherchant vaguement à identifier d'où venait la voix. Elle reconnut les yeux de Corrine dans l'assemblée. Puis elle vit une main puissante à l'index pointé en sa direction.

« Eugénie Rievel ».

La voix venait de là.

« Quoi... » parvint-elle à articuler.

La silhouette se leva. Ce devait être un homme immense. La toile de sa robe pourpre se tendait sur sa stature de boeuf. Ses mains auraient pu lui broyer le cou d'une simple pression des doigts. Eugénie pouvait à peine respirer.

« Qui êtes-vous ? Qu'est-ce que c'est ?
- Votre procès, fit la voix ».

Il lui fallut quelques instants pour saisir le sens de ce mot. Puis Eugénie éructa.

« QUOI ??! »

Personne n'y fit écho. C'était décidément la plaisanterie la plus glauque à laquelle elle n'ait jamais eu affaire. Il n'y eut aucun rire étouffé cependant, pas même un raclement de gorge. Eugénie fouilla la salle du regard à la recherche de ses amies et reconnut les yeux bleus d'Eva. Elle se précipita vers la jeune femme assise droite sur un banc.

« Eva ! »

Soudain, elle fut immobilisée par deux personnes qui la maintenaient par les bras. Ils la ramenèrent de force au centre de la pièce tandis qu'elle perdait son sang froid pour de bon.

« Eva !!! Qu'est-ce qui se passe !? C'est quoi cette blague !! Les filles répondez-moi merde ! Où est-ce que vous m'avez emmenée !!? »

Une main ferme et puissante se plaqua sur sa bouche. Et l'homme qui avait parlé lui fit signe de se taire. Mais Eugénie se débattit, tenta de se libérer des bras qui se serreraient autour de ses coudes, de la main qui lui comprimait les lèvres. Elle fut obligée d'écouter.

L'homme se redressa, il paraissait plus grand encore, comme s'il s'était déroulé vers le plafond. Il parla lentement, en détachant les mots.

« Eugénie Rievel, vous avez été dénoncée pour votre attitude, votre manière d'être, de penser et d'agir. »

La jeune femme devint livide et cessa de se débattre. A quelques mètres d'elle, les yeux de Vanessa semblaient se délecter de son expression. Et la voix poursuivit.

« Eugénie Rievel, vous êtes accusée de sarcasmes. »

L'assemblée applaudit, et la bouche d'Eugénie fut libérée, prête à hurler.

« Mais ...

- TAISEZ-VOUS ! »

Eugénie se mit à frissonner et à transpirer. Un rideau s'écarta, dévoilant un pan de mur en pierres blanches sur lequel surgit un carré lumineux. Puis des images silencieuses furent projetées. Sans le son, en accéléré, Eugénie se vit chez elle, vaquer à son quotidien dans son appartement, entrecoupé de bribes de séquences filmées au caméscope lors de ses rares sorties avec ses amies. Elle ne pouvait plus respirer face à ces images volées. Elle ne pouvait pas croire ce qu'elle voyait. On l'avait espionnée.

« Une caméra a été placée dans votre appartement par l'une de vos amies. Elle a apporté un précieux complément aux témoignages déposés sur votre personne. Nous avons pu vous observer, vérifier les dires de ceux qui vous ont dénoncée, car nous sommes une assemblée juste. Nous ne pratiquons pas de condamnations arbitraires. Tout ce que nous avançons a été vérifié ».

Les dernières fois qu'Eugénie les avaient vues, ses amies avaient toujours eu de quoi filmer. Elles lui braquaient des appareils près du visage, et lui posaient parfois des questions étranges en attente des réactions qui lui étaient propres. Et Eva avait trouvé un prétexte pour placer une caméra dans son appartement.

Eugénie resta bloquée. Elle voulut fondre sur place à l'idée de ce qu'elle venait d'entendre. Mortifiée de honte que l'on ait violé son intimité, profané le refuge qu'était son salon. L'assemblée s'était tue, lui laissant le temps de digérer cette idée effarante. Eugénie sentit la nausée monter. Elle tremblait de rage.

« Qu'est-ce que vous avez fait ?!
- Nous n'avons fait que vérifier les informations que nous avions sur vous.
- Mais qu'est-ce que c'est que ce bordel !? Quelles informations ? Je n'ai jamais rien fait de mal ! Vous êtes complètement tarés, tous ! C'est moi qui vais vous dénoncer à la police, je vais prendre un avocat et vous pouvez me croire, vous êtes dans de sales draps avec ce que vous avez fait ! »

Elle avança vers ce qu'elle pensait être une porte mais fut stoppée. L'instant suivant, on lui bouclait les mains dans le dos. Le contact froid du métal mêlé à la terreur lui arracha un hurlement que l'on étouffa avec un bâillon.

Trois personnes la maintinrent debout. Le mascara dégoulinait sur les joues de la jeune femme horrifiée. Puis l'homme repris ses accusations.

« Eugénie Rievel est coupable. Son crime est celui que notre organisation s'efforce de combattre. »

Il marqua une pause et la regarda dans les yeux. Elle suspendit son souffle le temps qu'il reprenne.

« Vous êtes une écharde dans l'humanité. Vous usez de sarcasme, dans le privé, et en permanence. De manière générale, nous avons constaté que vous faites preuve d'un cynisme abject. L'ironie vous colle à la chair. Nous vous avons entendu rire à des moments inappropriés, vous délecter d'humour noir, lancer des phrases acides, vous moquer du monde entier. Vous vous foutez de la gueule du monde au sens propre du terme ! »

Il avait rugit sa dernière phrase. Un concert de huées retentit. Eugénie sanglotait. *Mon Dieu ils sont complètements malades sors-moi de là je t'en supplie c'est un cauchemar ! Fais-moi réveiller !* Les exclamations moururent.

« Vous n'y pouvez rien, c'est votre nature. Mais la nature commet des erreurs. Les gens comme vous sont une anomalie et une plaie pour la société. Certes, il ne fait pas de doute que vous êtes aimable avec les individus en particulier. Mais vous les méprisez dans leur ensemble. Vous ne supportez pas la foule. Vous êtes docile de face, mais réfractaire à toute forme d'autorité le dos tourné. Vous êtes une passive agressive forcée d'évoluer au sein d'une humanité qui la dégoute. Vous vous entendez mieux avec les chiens qu'avec les gens. Vous n'avez jamais fait de mal à personne, allez-vous nous répondre. Directement, non, nous l'admettons. Et physiquement non plus. Mais vous poignardez la terre entière d'une lame invisible avec votre perception des choses, votre vision défectueuse, votre absence de foi envers l'humain, la répugnance qu'il vous inspire. Vos bonnes actions n'ont aucun poids pour rééquilibrer ce mal invisible. Parce que vous n'aimez ni la société, ni le monde dans lequel vous vivez. Moi-même, mes frères et soeurs ici présents, nous l'aimons, ce monde, nous voulons le faire évoluer, nous devons le débarrasser des cyniques et langues de serpents telles que la votre. Parce que vous, vous n'êtes pas digne de vivre en son sein. »

Les inconnus masqués se levèrent et applaudirent. Les claquements de mains résonnèrent en une pluie sordide. Les mains aux ongles vernis de rouge de Vanessa battaient plus vite que les autres. Et l'une de ces mains vint taper sur celle au ongles rongés de Corrine. Eugénie avait la tête qui tournait, sa vision se brouillait, elle ne vit plus que des formes s'agiter. Puis l'orateur écarta les bras. Les clameurs se turent aussitôt. Le reste de l'assemblée resta debout, recueillie. Puis la voix raisonna, plus forte encore, chargée d'acier.

« Mes frères, mes soeurs, nous nous sommes donné l'ordre de déraciner le mal sur cette planète. De la débarrasser du mauvais esprit. Trois d'entre vous nous ont aujourd'hui livré Eugénie Rievel ici présente. Vous l'avez observée, vous avez examiné son cas en détail. Nous sommes un tribunal juste et humain, nous n'acceptons aucun faux témoignage, nous n'accusons personne à tort. Ainsi, je vous demande en votre âme et conscience quel doit être le sort de cette jeune femme. »

Et soudain le bruit fut assourdissant. La réponse unanime, sans équivoque, scandée, hachée haut et fort en deux syllabes symétriques : « A mort ! A mort ! ».

La sentence tourna en boucle.

Eugénie sentit sa vessie lâcher, ses jambes lâcher, son souffle la quitter. La pièce tournait autour d'elle, réclamant sa mort à grands renfort de cris et d'applaudissements comme une incantation. Comme si la mort elle-même allait descendre du plafond et la foudroyer. Puis une fureur vint l'extirper de la torpeur dans laquelle elle sombrait. Elle rugit, agita ses jambes et ses bras. On se rua sur elle. Elle distribua des coups de genoux. On l'attrapa par les cheveux, les bras et les chevilles. On l'immobilisa.

Elle ne cessa de se débattre que lorsque qu'on lui retira l'aiguille d'une seringue qu'elle avait senti s'enfoncer dans sa nuque.

DIMANCHE

« Allô ?
- Tristan ?
- Salut Corrine. Ça va ?
- Pas trop là ...
- Qu'est-ce qu'il se passe ? Eugénie va bien ? Passe-la-moi s'il te plaît, j'ai essayé d'appeler toute la soirée sur vos téléphones hier mais ils étaient coupés.
- Je sais, on ne captait pas. On vient de voir tes appels en absence.
- Ok, tu me passes Eugénie s'il te plaît ? »

Le ton du fiancé trahissait une impatience contenue. On le sentait à deux doigts d'exploser. Corrine sourit en masquant le micro de son téléphone, comme si son correspondant aurait pu la voir se délecter de son inquiétude. Alors elle prit un ton contrit.

« Eugénie est introuvable depuis ce matin. Depuis qu'on s'est réveillées. On ne sait pas où elle est ... »

VENDREDI

La police poursuivait son enquête. Ses équipes continuait à fouiller la forêt où se situait le chalet que les amies d'Eugénie avaient déclaré avoir loué pour son enterrement de vie de jeune fille. Les trois jeunes femmes étaient unanimes. « Nous nous sommes dit bonne nuit tard dans la nuit et au matin, Eugénie avait disparu. On a d'abord pensé qu'elle était partie se promener, mais elle n'est jamais revenue. ».

Tristan avait accouru sur les lieux, lui aussi, pensant que sa seule présence allait miraculeusement faire réapparaître sa fiancée. Il avait inspecté chaque recoin du chalet juste après le passage des enquêteurs et gardait espoir.

*

Eugénie résidait désormais à une soixantaine de kilomètres du chalet où les filles avaient affirmé l'avoir vue pour la dernière fois, entre les murs d'un château hors d'âge. Qui voudrait la voir à présent devait passer dans la galerie et s'arrêter devant sa statue.

Mais cela n'était valable que pour ceux qui savaient qu'elle se trouvait ici. Cela n'était valable que pour les quelques personnes dont on ne saurait jamais le nom. Eux seuls savaient que le corps sans vie d'Eugénie se trouvait piégé sous une couche de bronze coulée à même sa peau, figé à jamais.

HORROR SHOW

Dimanche 30 août 1981

Cher Camille,

Comme promis, tu as la faveur de ma première lettre. J'ignore quand est-ce qu'elle arrivera jusqu'à Sombernon de là où je la posterai, à près d'un millier de kilomètres. Pour l'instant, c'est un mystère.

Après des adieux difficiles à ma mère et ma petite soeur, je suis monté dans la voiture avec mon père et, chose amusante, même les bêtes semblaient assister à mon départ depuis leur enclos, nos cinq vaches et nos trois chèvres regardaient toutes en direction de la voiture qui s'éloignait, les poules sont toutes sorties en même temps de leur cabane, et le chien nous a suivi au galop jusqu'à la sortie de Solle.

Mon père a conduit jusqu'à Dijon tandis que le soleil se couchait. Tu connais sa réserve et ses dehors abrupts, mais une fois devant la gare, au moment de me dire au-revoir, il avait l'air vraiment triste de me voir partir si loin pour si longtemps. Je ne l'avais jamais vu comme ça. *Sois prudent, mon enfant*, m'a-t-il dit en me serrant contre lui. J'ai manqué de verser une larme, mais je me suis retenu. J'ai attendu d'être d'abord sur le quai, mes deux valises aux pieds.

Le premier train m'a conduit jusqu'à Lyon, où mes parents m'avaient réservé une chambre dans une auberge près de la gare pour que je puisse y être sans retard pour ma correspondance du lendemain matin. J'ai eu du mal à fermer l'oeil, tant à cause du lit étroit et inconfortable que de l'exaltation du voyage. En dix-sept ans d'existence, image toi qu'hormis le voyage scolaire qui nous avait permis de visiter Paris il y a deux ans, je vis aujourd'hui mon tout premier véritable voyage. Jamais je ne me serais autant éloigné de là où j'ai vécu toute ma vie !

Enfin, j'ai regagné la gare tôt ce matin après un petit-déjeuner sans saveur et le train m'a emmené jusqu'en Suisse, pour ma dernière correspondance. A l'heure où je t'écris, je suis encore dans le train ! Le trajet a paru interminable, mais il n'est pas désagréable. J'ai vu défiler les Alpes une grande partie de la journée sous un soleil chaud, et la beauté du paysage a eu raison de ma fatigue.

Je devrais enfin arriver à destination d'ici deux heures. Je t'écrirai une fois installé.

Avec tout mon amitié,

Athanase

*

Lundi 31 août 1981

Chers Parents,

Me voici installé. Après un très long voyage, je suis arrivé hier soir chez ma logeuse. En sortant de mon dernier train, j'ai eu la chance de traverser la ville en taxi juste avant le crépuscule pour la découvrir de jour. C'est un environnement un peu sombre mais toutefois charmant. Je suis certain de m'y plaire.

La rue où je loge est une allée bordée petites maisons en pierres contiguës avec chacune son jardin.

Lorsque je suis arrivé, Madame Gerwig se tenait déjà sur le seuil de sa maison. Elle m'a accueilli avec gentillesse dans un très bon français à l'accent quasiment imperceptible. Si elle parle bien français, elle ne s'exprime néanmoins que très peu.

C'est une petite femme d'environ quatre-vingt-dix ans aux cheveux argentés retenus en chignon. Malgré son âge et la posture un peu voûtée de sa silhouette trapue, elle marche sans besoin de l'appui d'une canne. Ses pas restent courts, cependant, et sa démarche légèrement laborieuse, mais elle semble tenir à son autonomie.

Madame Gerwig m'a fait faire le tour du rez-de-chaussée, mais m'a laissé monter seul à l'étage pour découvrir ma chambre. La pauvre femme ne peut plus monter les escaliers depuis quelques années déjà.

La maison, assez étroite comporte deux étages, et un sous-sol quasiment vide qui s'étale sur toute la surface de la maison, ce qui me fera un grand espace pour m'entraîner sans déranger ma logeuse. J'ai été ravi de cette découverte, c'est un véritable avantage, et Madame Gerwig a accepté avec plaisir de me laisser utiliser cet espace auquel elle n'a de toute façon pas accès.

Au rez-de-chaussée, il y a un salon qui fait un peu capharnaüm avec tout un tas de bibelots et tapisseries et une table qui mange l'espace. L'ancienne salle à manger attenante est devenue la chambre de Madame Gerwig depuis qu'elle ne peut plus monter à l'étage. Le vaisselier se trouve encore à l'intérieur, faute de place dans le salon. Il y a aussi une cuisine toute couverte de vieux carrelage jaune et de placards aux gonds grinçants, ainsi qu'une petite salle de douche récemment adaptée à la condition physique de Madame Gerwig. C'est la seule pièce de la maison qui ait l'air moderne, même si elle n'est pas d'un esthétique très sûr.

Juste en sortant de la cuisine se trouve un téléphone fixé au mur avec tous les numéros utiles punaisés à mon attention à côté du combiné. Il y a le numéro de la fille de Madame Gerwig, de ses deux médecins, de sa femme de ménage et de l'épicier chez qui elle a ses habitudes.

Et enfin, il y a l'étage. Ma chambre n'a pas été difficile à trouver, il n'y en a que deux, et la mienne est celle qui n'est pas encombrée de vieux cartons plein de vaisselle, vieux habits ou autres livres. Ma chambre est plutôt vaste et tapissée d'une moquette vert foncée qui sent la poussière. Il y a un grand lit entouré de deux petites tables et deux appliques en forme de coquillages, une belle armoire de vieux bois, quelques étagères vides fixées au mur et courbées par le poids de ce qu'elles contenaient avant, et un bureau avec une chaise face à la fenêtre qui donne sur le jardin. Une salle de bain couleur corail sépare les deux chambres de l'étage, et je serai la seule personne à l'utiliser, ce qui est là aussi une agréable surprise.

Madame Gerwig n'avait besoin de rien le soir de mon arrivée, mais j'ai commencé dès aujourd'hui les petites tâches contre lesquelles elle m'héberge, notamment balayer l'allée de son jardin qui était couverte de feuilles et lui prêter mon bras pour l'accompagner jusqu'à chez l'épicier et porter ses courses.

Ainsi, je suis bien installé. Il me tarde désormais d'être demain pour découvrir mon école. Je suis tellement impatient de cette rentrée ! Je vous raconterai tout cela dans ma prochaine lettre.

Je vous embrasse,

Athanase

*

Mercredi 2 septembre 1981

Cher Camille,

J'espère que tu vas bien et que tes vacances prolongées avant ton entrée à l'université sont agréables.

En ce qui me concerne, la rentrée, c'était déjà hier. J'avais un trac monstre tout le long du trajet. L'école se situe à environ trente minutes de marche de la maison où je réside. J'avais déjà repéré le chemin sur le plan de la ville et j'ai vite pris le sens de l'orientation. Après quelques rues un peu tortueuses, je traverse ensuite deux grandes avenues qui mènent jusqu'au fleuve, et l'école de danse se dresse là, de l'autre côté du pont. C'est un immense bloc gris à la forme improbable dont l'on ne saurait vraiment dire, d'où qu'on le regarde, s'il s'agit un rectangle étrange ou d'un ovale à angles droits. Quoi qu'il en soit, l'architecture est impressionnante.

Les nouveaux élèves ont été accueillis dans la grande salle par Madame Rivers, la directrice. Les cours n'ont pas commencé dès hier. Il s'agissait plutôt de découvrir les locaux, nos professeurs, le programme de l'année et les dates d'évaluations, les classes dans lesquelles les élèves sont affectés. Comme moi, la plupart des élèves sont étrangers et n'avaient pas eu l'occasion de venir découvrir les lieux avant. Presque tous résident dans l'internat sur place, il y en a assez peu qui logent ailleurs, et encore moins qui habitent dans les environs.

Tout est en anglais ici, vu le mélange des langues, c'était plus simple, et j'arrive à suivre convenablement. Heureusement que j'ai pu améliorer mon vocabulaire cet été grâce aux manuels que tu m'as prêtés, car vu ma note médiocre obtenue au bac d'anglais, cela n'était pas gagné, alors merci encore !

Les cours ont commencé dès ce matin, avec Monsieur Brügger, notre professeur de danse principal. Nous sommes un peu moins de vingt élèves dans ma classe. Nous n'avons rien fait de bien passionnant, l'objectif du premier jour était surtout de se faire une idée du niveau des différents élèves. Et certains sont déjà extrêmement doués.

En tout cas, même si personne ne se connaissait, l'ambiance ne semble pas trop à la compétition féroce. Du moins pour l'instant. J'ai discuté avec quelques personnes sympathiques, dont une parisienne, la seule française avec moi ! Elle s'appelle Janine, elle a seize ans. Elle est drôle, car quand elle ne danse pas, elle porte d'énormes lunettes de vue, si bien qu'on dirait qu'elle est deux personnes différentes. Avec Janine, nous avons sympathisé avec Patrizio, qui vient de Milan et qui parle anglais avec un accent pire que le mien, et Alvar, un bulgare qui à mon avis est sans doute le danseur le plus talentueux de la classe, même si c'est encore trop tôt pour l'affirmer.

Voilà pour ces deux premiers jours. J'ai hâte de te raconter la suite de cette aventure !

    A très vite !

Athanase

*

Dimanche 6 septembre 1981

Chers Parents,

J'espère que vous allez bien, et Justine aussi.

D'ailleurs, merci Justine pour ton petit mot glissé dans la lettre de papa et maman, je mets un petit dessin pour toi dans cette enveloppe, et n'oublie pas d'embrasser le chien pour moi ! Lui aussi me manque !

Me voilà donc bien installé et ma première semaine de cours s'est achevée hier midi. L'école me plaît beaucoup, et j'ai déjà quelques camarades avec qui je peux échanger malgré la barrière de la langue. Le niveau des cours monte d'un cran de jour en jour. Monsieur Brügger, notre professeur, est très exigeant, mais je suis plus motivé que jamais. En tout cas, je me trouve dans une excellente institution et je vous remercie de m'avoir permis de partir si loin de vous malgré toutes vos appréhensions. Vous verrez que ce ne sera pas pour rien.

Pour ce qui est de mon habitat, je m'y habitue. Tout se passe bien, Madame Gerwig n'est certes pas très bavarde, mais elle est très aimable. Je l'aide à faire les courses qu'elle ne peut plus faire toute seule, quelques bricolages dans la maison et ce matin, je l'ai accompagnée à la messe. Rien de bien compliqué, ni de bien contraignant. Avoir un père charpentier m'aide bien pour les petits travaux manuels que j'ai à faire, j'ai pris l'oeil, même si ma soeur est plus douée des ses mains que moi !

Les jours de semaine, quand je suis en cours, Madame Bertha, la femme de ménage, s'occupe de compléter mes tâches et de mettre de l'ordre dans la maison. C'est une femme d'un certain âge, robuste et énergique, mais qui ne parle ni français ni anglais. Elle ne comprend rien quand j'essaye de communiquer avec elle, mais ce n'est pas bien grave.

Enfin pour répondre à vos questions dans l'ordre : oui maman, je m'occupe moi-même de mon linge et je le fais correctement, oui je n'oublie pas mon écharpe, et oui, papa, j'ai assez d'argent, je n'ai besoin de rien pour l'instant, ne t'inquiète pas.

Je vous ai tout dit, il est l'heure d'aller me coucher avant de reprendre les cours demain. Je vous écris dans quelques jours lorsque j'aurais plus de matière.

Je vous embrasse, et un bisou à ma petite Justine,

Athanase

*

Jeudi 17 septembre 1981

Cher Camille,

Merci pour la photo que tu m'as envoyée ! Elle trône sur mon bureau, au milieu des portraits de mes parents et de Justine. J'ai même une photo de mon chien, et un dessin de Justine.

Je me souviens, c'est ma soeur qui nous a pris la photo quand on a pris la barque pour aller pêcher sur le canal. J'ai du mal à imaginer que c'était seulement le mois dernier, j'ai l'impression qu'il s'est passé mille ans.

D'autant que je n'ai même pas eu le temps d'aller faire développer ma pellicule de cet été avant mon départ. Je ne pourrai le faire qu'en rentrant l'été prochain. Je ne suis pas près de voir mes photos de vacances de si tôt donc ...

Mis à part ces passionnantes histoires de photos, je suis heureux d'apprendre que tu vas bien.

Ici aussi, tout va bien. Je me plais beaucoup dans cette école. Les cours sont durs mais je progresse vite et l'ambiance, même si elle est très studieuse, est mille fois plus agréable qu'au lycée, vu que l'on n'atterri ici que par passion !

D'ailleurs ici, point de moqueries mesquines sur mon attrait pour la danse classique, ça me change la vie, même si ce n'était pas bien méchant avec le recul, certains de mes camarades d'ici ont eu droit à pires railleries que moi durant leur scolarité.

Ici, malgré l'esprit de compétition qui commence à pointer, les élèves sont plutôt solidaires les uns des autres, tout le monde s'entend bien. D'ailleurs, avec mes amis Janine, Patrizio et Alvar, nous sommes allés boire une bière en ville aujourd'hui après les cours. La seule chose que je regrette, c'est de ne pas résider à l'internat avec eux.

C'est tout pour le moment. Il ne me reste plus qu'à te souhaiter bonne chance pour ta rentrée la semaine prochaine. Ecris-moi vite pour tout me raconter !

Amitiés,

Athanase

*

Mercredi 30 septembre 1981

Cher Camille,

Merci pour tous ces détails sur la faculté de médecine. J'imagine que tu vas désormais avoir peu de temps pour m'écrire. J'espère en revanche que tu pourras toujours pratiquer le violoncelle, ce serait trop dommage que tu arrêtes ! Je préfère encore me résoudre à ne pas recevoir de lettres de toi toute l'année universitaire, pourvu que tu utilises ce temps à pratiquer la musique. On aura bien le temps de tout se raconter lorsque je rentrerai à Solle pour l'été.

Pour te répondre, malgré le niveau exigeant de mes cours tout va bien, hormis un petit incident qui a eu lieu hier après-midi quand je suis rentré. J'ai trouvé ma logeuse dans un drôle d'état en arrivant. Tu aurais vu ça, la scène était inouïe. Madame Gerwig tournait sur elle-même dans le salon. Elle tournait comme on faisait parfois quand on était gamins, les bras à l'horizontale, et vite, si vite pour son corps engourdi ! Elle *centrifugeait*, à une telle vitesse que je pouvais à peine distinguer les traits de son visage. Je ne sais pas, lorsque je suis arrivé, depuis combien de temps elle tournait ainsi sur elle-même. Le pire, c'est que ses chaussons piétinaient dans une flaque d'urine.

C'était tellement incohérent que je suis resté figé quelques instants sans savoir quoi faire. Puis je lui ai dit d'arrêter, qu'elle allait s'étourdir, avoir un vertige, peut-être même perdre l'équilibre et se fracturer un os mais elle poursuivait son manège effréné sans même faire mine de ralentir.

Pris de peur, je suis allé vers le téléphone et j'ai composé le numéro de la fille de Madame Gerwig, mais personne n'a décroché. J'ai ensuite essayé de joindre sa femme de ménage, Madame Bertha. Celle-ci a répondu mais ne comprenait pas un mot de ce que je lui disais. Quand j'ai fini par raccrocher, Madame Gerwig a cessé de tourner et s'est aussitôt précipitée jusqu'à sa chambre, presque en courant !

Après ça j'ai dû retrousser mes manches pour éponger moi-même ses souillures sur le parquet.

Voilà pour cet épisode très étrange que je voulais te faire partager. Peut-être un cas à étudier en médecine, qui sait ...

En tout cas, tu as bien de la chance de ne pas avoir tant de kilomètres à faire pour étudier et juste un trajet à travers la campagne qui peut s'apparenter à une promenade en voiture. Parce qu'au bout d'un mois loin des gens que l'on aime et passé l'excitation des débuts d'une aventure nouvelle, le chagrin peut parfois commencer à se faire sentir à certains moments de solitude.

Bon courage à toi en tout cas. Et transmets de ma part mes amitiés à tes parents. Comme ils doivent être fiers que tu suives les pas de ton père !

Bien à toi,

Athanase

*

Samedi 10 octobre 1981

Chers Parents,

J'ai bien reçu votre dernière lettre. Pardonnez-moi pour le retard de la mienne, j'ai mis un temps fou à répondre. Et merci à Justine pour son magnifique dessin, elle s'améliore de jour en jour !

C'est aussi mon cas en matière de danse, raison pour laquelle il m'a été difficile de trouver le temps de vous écrire ces dernières semaines. L'entrainement est dur, bien plus que ce à quoi j'ai été habitué avant. Lorsque je ne suis pas à l'école, je m'exerce dans le sous-sol de la maison, et lorsque j'ai fini, je m'occupe de Madame Gerwig. Le soir, je tombe d'épuisement après avoir lu une ou deux pages de Chateaubriand qui reviendra avec moi à Dijon à peine entamé.

Pardonnez-moi aussi la brièveté de cette lettre, je vous écris entre mes étirements et le moment où je vais accompagner Madame Gerwig faire son marché, de façon à pouvoir la poster par la même occasion. Je promets de vous envoyer une lettre plus longue la prochaine fois. Voici néanmoins un petit dessin pour Justine que j'ai eu le temps de griffonner hier soir avant le dîner.

Je vous embrasse.

Affectueusement,

Athanase

*

Dimanche 18 octobre 1981

Chers Parents,

Me voici enfin tranquille et dispos !

J'ai reçu ce vendredi votre colis. Vous n'auriez jamais dû, cela a dû vous coûter une fortune d'envoyer toutes ces provisions. Et quoi que vous imaginiez, sachez qu'ici je mange déjà à ma faim ! J'ai tout de suite partagé la boîte de foie gras avec ma logeuse lors du dîner, nous étions ravis tous les deux, il était délicieux. J'ai bien suivi les instructions sur la note qu'à laissé maman, les confitures sont rangées dans les placards, *et cetera*. Merci à papa pour l'enveloppe avec les billets, je suis allé les changer à la banque hier. Vous m'avez gâté.

Dans ma contrée lointaine, l'automne est déjà bien entamé. Il commence à faire froid. Le jour tombe de plus en plus tôt, et je marche quelques fois le matin les chevilles dans le brouillard. Heureusement que j'ai écouté maman et pris des vêtements bien chauds pour les trajets.

Après ce premier mois et demi de cours, tout va bien à l'école, même si le programme est épuisant. Nous avons d'excellents professeurs et une directrice bienveillante, de vastes salles, un environnement agréable, et j'ai aussi la chance de m'être fait de bons amis.

A « la maison » aussi tout va bien, la vie suit son cours paisiblement, et les lieux sont biens chauffés malgré la vieille chaudière. Il fait parfois même trop chaud, mais je crois bien que les personnes âgées ont souvent froid.

A propos de personnes âgées, d'ailleurs, je voulais savoir si parfois, il leur arrive de se comporter de façon étrange. Madame Gerwig m'intrigue un peu. De temps en temps, elle se met à agir de manière déroutante, comme si quelque part, elle était une autre personne, peut-être plus jeune et un peu folle. Voyez, je ne sais pas trop comment décrire cela, mais ayant connu papi et mamie qui étaient eux-mêmes assez vieux, je ne les ai jamais trouvé bizarres. Vous devez d'expérience pouvoir m'éclairer sur la question. C'est peut-être chose courante durant la vieillesse après tout. Qu'en pensez-vous ?

Je suis heureux d'avoir eu l'occasion de vous écrire une lettre plus longue que la précédente, et j'espère en recevoir une nouvelle de vous encore plus longue, comme ça j'aurais l'impression d'être près de vous un peu plus longtemps.

Je vous écris bientôt.

Je vous embrasse,

                                        Athanase

*

Jeudi 22 octobre 1981

Cher Camille,

Cela fait un moment que nous ne sommes pas écrit, mais il est vrai que nous sommes tous les deux très occupés, et tu l'es sans doute encore bien plus que moi. J'espère que tu trouveras le temps de m'en dire un peu plus sur le premier mois de tes études.

Quant à moi, rien de nouveau à part qu'il fait froid. Le temps passe très vite, bien plus vite qu'au lycée. Parfois, il est plus long lorsque je me sens seul, mais en règle générale, lorsque l'on fait tous les jours ce qu'on aime, les semaines semblent rétrécir.

Je vais de temps en temps boire une bière avec mes camarades dans un pub, lorsque personne n'est trop fatigué.

Rien de bien rocambolesque à raconter non plus. A part ma logeuse de plus de quatre-vingt-dix ans qui vaut parfois un sujet de roman à elle seule. Je t'avais dit qu'elle était un peu étrange parfois, mais la nuit dernière, elle a dépassé le stade du bizarre.

Je me suis réveillé en pleine nuit au bruit de pas dans l'escalier, le coeur battant, car Madame Gerwig ne peux plus prendre d'escaliers depuis longtemps, cela ne pouvait être qu'un être malfaisant s'étant introduit dans la maison. J'ai donc pris mon courage à deux mains et me suis levé pour aller voir. Et lorsque je suis sorti de ma chambre, j'ai vu la tête de la vieille dame dans la pénombre, comme posée sur le palier. Elle était montée à mi-hauteur de l'escalier ! En pleine nuit !

Je lui ai alors demandé si elle allait bien, si elle souhaitait de l'aide pour redescendre. Pour toute réponse, elle m'a fixé un long moment dans le noir avec ses yeux de chouette, puis elle a ri.

Ce matin pourtant, elle semblait tout à fait normale. Je pense qu'elle doit avoir des instants de sénilité, même si je n'y connais rien. Ou alors peut-être ai-je rêvé, car à m'en souvenir, la scène est assez floue dans même tête, et je ne me souviens plus comment l'aventure s'est terminée, si Madame Gerwig est redescendue seule ou si je l'ai aidée à revenir jusqu'à sa chambre. Je me souviens juste de sa tête qui riait dans le noir comme posée sur le plancher.

Cela m'a perturbé durant la journée pendant mes cours, et comme j'étais distrait, je me suis fait mal à la cheville droite suite à un saut raté. J'espère que ça ira mieux demain.

Enfin je m'étale. Parle-moi plutôt de toi, cela doit être bien plus intéressant !

Amitiés,

Athanase

*

Mardi 27 octobre 1981

Chers Parents,

Merci pour vos éclaircissement dans votre lettre. Je suis rassuré, maintenant que vous me confirmez que les vieilles personnes se conduisent parfois de manière inattendue, je ne connaissais pas toutes ces histoires sur la grand-mère de maman, ce qui illustre bien qu'à un certain âge on peut conserver sa tête tout en ayant quelques coups de folie. J'ignorais qu'il pouvait y avoir un juste milieu entre très sain d'esprit et totalement gâteux.

Madame Gerwig est quant à elle parfaitement alerte la plupart du temps. Il n'empêche qu'il y a deux jours de cela, je l'ai surprise debout dans la cuisine en train de manger à même le fond d'une casserole de ragout refroidi avec force bruits de bouche. On aurait dit le chien lorsqu'il se jette sur sa gamelle après l'avoir réclamée pendant une heure. C'était fort déplaisant à voir, mais encore plus à entendre. D'un coup, comme le chien là aussi, elle a senti ma présence et a sorti la tête de la casserole pour me regarder, le menton luisant de sauce, avant de s'y replonger à nouveau.

D'autre part, voici une dizaine de jours que ma cheville me fait souffrir suite à un mauvais mouvement. Fort heureusement, cela s'améliore peu à peu, notamment grâce à mon ami Alvar qui m'a gentiment prodigué des conseils et fourni une pommade à appliquer chaque soir.

J'espère que tout va bien à la maison.
Je vous écris très vite.

Avec toute mon affection,

Athanase

*

Vendredi 30 octobre 1981

Cher Camille,

Merci d'avoir pris le temps de m'écrire une si longue lettre. Je suis heureux d'apprendre que tu n'a pas abandonné le violoncelle malgré le défi que représente une première année de médecine. Je suis très fier de toi. Et quelle chance tu as d'avoir pu louer une chambre en ville pour étudier et rentrer à Sombernon chaque week-end ! Comme je t'envie.

Car de mon côté, la solitude commence à me peser. Je n'ai guère de temps à consacrer aux loisirs, ma famille me manque terriblement, et toi aussi, comme le reste de mes amis. Je tiens moralement grâce à mes camarades Patrizio, Alvar et Janine, mais je m'en sépare à regret chaque fin de journée et chaque week-end pour regagner la maison triste à mourir de ma logeuse, tandis que mes amis ont la chance de rester ensemble à l'internat. De fait, ils développent ensemble une complicité à laquelle je n'aurais jamais vraiment accès de par ma situation. Je fais partie du groupe sans conditions, mais forcément d'un peu plus loin, par intermittence.

Je n'ai rien dit à mes parents de ce sentiment de tristesse qui m'étreint le coeur chaque soir en rentrant, et je te prie, si tu les croises, de ne pas leur en parler. La dernière chose que je souhaite serait de leur faire de la peine, ou qu'ils se sentent misérables de n'avoir pas eu la possibilité de compléter la bourse que j'ai décrochée pour me permettre de résider en internat. Car je me suis renseigné sur le prix des chambres, et même les chambres pour quatre étudiants coûtent une petite fortune. Je ne parle même pas des prix des chambres individuelles, je me demande qui peut payer de telles sommes ! Au moins, chez Madame Gerwig, c'est gratuit.

Mais comme il en va de mon moral, auquel la santé physique est fortement reliée, je vais voir s'il m'est possible de postuler pour un petit boulot lors de mon peu de temps libre, afin d'emménager avec mes camarades. Ce ne sera pas facile de tout cumuler, mais cela me semble jouable.

Je te raconterai tout cela la prochaine fois.

Prends bien soin de toi, et transmets mes amitiés à tes parents.

Bien à toi,

Athanase

*

Jeudi 12 novembre 1981

Chers Parents,

Je suis heureux d'avoir eu de vos nouvelles. J'espère que Justine aussi va bien. Vous aussi, vous me manquez beaucoup.

Le niveau des cours de danse a encore monté d'un cran. Tout cela s'accélère très vite. Même si ma cheville est remise, cela m'a fait prendre du retard. Je fais de mon mieux malgré la fatigue, mais il m'arrive par moments d'avoir du mal à suivre le rythme quelques minutes avant de redoubler d'efforts pour réussir l'exercice en cours et que cela ne se voie pas.

A mon grand désespoir, lundi dernier, Monsieur Brügger s'en est aperçu, et m'a fait part d'une réflexion sur une baisse de mes performances. Il m'a très fortement conseillé de rester m'entraîner seul une fois les cours terminé si je voulais être au point lors de la session d'évaluations.

De ce fait, depuis le début de la semaine, je reste à l'école jusqu'à l'heure du dîner pour m'exercer, parfois avec mon amie Janine, mais seul la plupart du temps. Oui, pour vous répondre, Madame Gerwig m'a encore fait une sacrée frayeur. C'était mardi dernier, lorsque je suis descendu m'occuper du dîner. Madame Gerwig était pliée en deux comme une serviette mise à sécher sur le dossier d'un fauteuil, les jambes dans le vide et la tête en bas. Cela aurait presque été comique si je n'avais pas eu aussi peur sur le coup, j'ai cru qu'elle était morte dans cette position bizarre, tant elle était immobile !

Sa famille n'a pas l'air de beaucoup s'inquiéter pour elle. Je n'ai jamais vu sa fille venir lui rendre visite, et le téléphone ne sonne jamais. Je trouve cela très triste.

Sur ce, je dois impérativement aller dormir si je veux tenir le rythme demain.

Je vous embrasse bien fort,

Athanase

*

Samedi 21 novembre 1981

Cher Camille,

Je perds un peu le fil de mes récits et ne me souviens déjà plus de quand date ma dernière lettre !

Je suis très pris en ce moment, car je reste m'entrainer après les cours jusqu'à ce que les salles ferment. Ensuite, je cours chez ma logeuse afin d'être à l'heure pour le dîner. Une fois le repas terminé, la table débarrassée et la vaisselle faite, je descends m'entrainer au sous-sol de la maison. Après cela, je fais une rapide toilette avant de tomber de sommeil.

Malgré cela, je n'avais pas abandonné mon objectif d'essayer de trouver un petit travail afin de me payer un lit à l'internat. J'ai pris un samedi après-midi pour aller faire du porte à porte chez des commerçants et restaurateurs alentours qui ont l'habitude d'embaucher des étudiants. Mais étant encore mineur, aucun n'a voulu prendre la responsabilité de m'engager.

    J'ai donc le moral en berne.

    Mes muscles me font mal. Chaque nuit, je souffre de courbatures qui m'empêchent d'accéder à un sommeil de qualité. Et je me réveille parfois en sursaut, persuadé d'avoir entendu la vieille dame monter l'escalier.

    Je t'écris bientôt, je suis épuisé.

Amitiés,

                                    Athanase

*

                  Mercredi 2 décembre 1981

Chers Parents,

    J'espère que tout le monde va bien.

    J'ai le regret de vous annoncer que je me suis blessé. Rien d'affolant, je vous rassure, ce n'est qu'une simple entorse. En soi rien de bien grave, mais je vous laisse imaginer mon désarroi...

    L'accident a eu lieu hier, alors que je m'entrainais comme chaque soir au sous-sol de la maison. Il n'était pas loin de minuit, aussi je m'exerçais en silence pour ne pas troubler le sommeil de Madame Gerwig, même si cette dernière n'entend plus grand-chose.

    Soudain, alors que j'exécutais un saut particulièrement complexe, j'ai aperçu une silhouette dans un recoin mal éclairé. Pris de peur, j'ai loupé mon retour au sol, et suis retombé de tout mon poids sur ma mauvaise cheville.

Sur le moment, je n'aurais su dire ce qui était pire, entre la douleur ressentie et la terreur de me savoir en présence d'un intrus qui m'observait. Et vous ne devinerez jamais la suite ! Il s'agissait de Madame Gerwig ! Comment avait-elle pu descendre les escaliers branlants de la cave seule ? Sans aide ! Et depuis quand m'épiait-elle dans le noir ?

Concentré enfin sur ma blessure, je ne lui ai posé aucune question. Je me suis hissé en rampant jusqu'au rez-de-chaussée et j'ai appelé les secours.

Quand l'ambulance m'a emmené, j'avais craint d'avoir laissé la logeuse à la cave sans qu'elle ne puisse remonter par elle-même. Mais Madame Gerwig a regardé l'ambulance s'éloigner depuis le seuil de la maison.

J'ai été conduit aux urgences d'un hôpital triste mais très propre où l'on s'est bien occupé de moi. Les radios n'ont révélé aucune fracture, heureusement. Malgré tout, sur avis médical et par simple logique, j'ai dû téléphoner à l'école pour prévenir que j'étais contraint de rester cloitré plusieurs semaines avant de pouvoir danser de nouveau.

J'espère me remettre au plus vite. Je suis absolument dépité. C'est une catastrophe pour le déroulé de ma première année.

Je vous embrasse,

Athanase

*

Jeudi 10 décembre 1981

Cher Camille,

Merci pour ton courrier envoyé en express et merci pour ton cadeau, il est certain que j'ai tout le temps de lire en ce moment. Je vais même pouvoir terminer Chateaubriand en plus de ton Balzac qui vient compléter ma maigre bibliothèque de danseur boiteux.

Je ne t'avais pas écrit au sujet de mon accident car je ne voulais pas que tu te fasses du mauvais sang à mon sujet, mais ma pauvre maman à vendu la mèche à la tienne. Les nouvelles vont toujours aussi vite par chez nous.

Je suis bien dans l'état d'abattement que tu supposais dans ta lettre. Fort heureusement, mon entorse ne me fait pas trop souffrir, et l'on m'a prescrit des cachets pour lorsque c'est le cas. De tout cela, c'est mon état esprit, le plus douloureux.

J'ai eu la chance de recevoir dimanche dernier la visite de mes camarades venus en renfort me remonter le moral. Eux aussi sont désolés pour moi. Ils m'ont apporté quantité de sucreries pour me réconforter, et tant qu'à faire, je me m'inquiète pas plus que cela de mes excès de sucres, il faut bien se consoler avec quelque chose. Alors j'ai de la pâte d'amande, des chocolats et de la lecture, en attendant de guérir.

Je marche avec des béquilles, avec mille précautions. Le plus difficile est de descendre chaque marche jusqu'au rez-de-chaussée afin de prendre mes repas et honorer mes tâches quotidiennes auprès de ma logeuse.

Ne pouvant plus aller poster moi-même mon courrier, j'ai dû m'arranger avec le facteur afin de lui confier mes lettres. Je dois donc le guetter depuis le salon pour ne pas le manquer lorsqu'il effectue sa tournée. J'avais voulu dans un premier temps confier mon courrier à Madame Bertha, la femme de ménage, mais je suis certain qu'elle ne comprenait rien de ce que je disais. Elle aurait été capable de jeter mon courrier à la poubelle si j'avais eu la bêtise de le lui remettre.

Voilà pour mes malheurs, mais ne t'inquiète pas plus que cela. Ce n'est pas grave. C'est juste très contraignant.

Porte toi bien.

A bientôt,

Athanase

*

Mardi 15 décembre 1981

Chers Parents,

J'ai revu le médecin hier. Il m'a certifié que ma cheville allait mieux.

Je ne suis pas rassuré pour autant. J'ai une crainte irrationnelle que mon entorse n'en finisse pas. Le temps est beaucoup trop long. Cette convalescence me semble interminable. Et les cachets contre la douleur me font parfois tourner la tête. Si bien que parfois, j'ai du mal à différencier ce qui est réel de ce qui ne l'est pas.

La nuit dernière, par exemple. J'ai trouvé Madame Gerwig debout au pied de mon lit. Elle me regardait dormir. Je ne sais même pas si c'était réel. Je ne sais même pas si elle était bel et bien là, ou si c'était juste un mauvais rêve.

Parfois, j'ai très peur.
Je vous écris bientôt.

Affectueusement,

Athanase

*

Dimanche 20 décembre 1981

Cher Camille,

J'espère que tu vas bien.
Pour ma part, l'état de ma cheville s'améliore.

Vendredi dernier, dernier jour avant les congés de Noël, Janine, Patrizio et Alvar m'ont fait une merveilleuse surprise. Ils sont venus me chercher en taxi le matin avec mille précautions pour que je passe la journée à l'école. Cela faisait trois longues semaines que je n'y avais plus mis les pieds.

J'ai pu regarder mes camarades suivre les cours depuis un banc que l'on m'a installé dans la salle. Monsieur Brügger a même eu la gentillesse de me faire faire des exercices juste pour les bras et le buste, et m'a prodigué quelques conseils pour m'entraîner sans impliquer ma jambe douloureuse. Je vais m'y appliquer chaque jour durant les vacances.

Madame Rivers, la Directrice, est même venue me voir en personne lorsqu'elle a su que mes camarades m'avaient fait venir, afin de s'enquérir de mon état et m'encourager.

Malgré la tristesse de ma situation, cela a été une véritable joie de retrouver tout le monde. Un vrai bol d'air salvateur.

Je te souhaite un Joyeux Noël, en espérant que tu reçoives cette lettre avant.

Ton ami,

Athanase

*

Dimanche 27 décembre 1981

Chers Parents,

Je vous souhaite un Joyeux Noël avec retard. Comme j'aurais aimé être auprès de vous et Justine, si vous saviez !

Enfin, cela était convenu dans les conditions de mon hébergement ici, de passer l'année complète auprès de ma logeuse pour ne revenir qu'à l'été. Je m'y étais engagé le coeur léger au début, et c'était sans imaginer un seul instant ma mésaventure. Et bien que la vieille dame aurait pu être compréhensive si j'avais souhaité lui fausser compagnie durant les congés de Noël en vue des circonstances, l'aller-retour en train d'ici jusqu'à Dijon aurait représenté une dépense imprévue dont je me serais trouvé embarrassé. D'autant qu'imaginer effectuer ce long voyage et ces deux correspondances seul avec un bagage à porter tout en claudiquant sur mes béquilles, cela relève de l'utopie.

Si la douleur à ma cheville faiblit de jour en jour, elle n'a pas tout à fait disparu.

J'ai donc passé Noël en compagnie de Madame Gerwig. Nous étions seuls tous les deux. À mon grand étonnement, sa fille n'est même pas venue la voir. J'avais beau avoir la gorge serrée de me trouver loin de vous ce soir-là, je trouvais au fond que c'était une bonne chose que je reste ici. L'idée même qu'une vieille dame passe le réveillon seule m'aurait serré le coeur, et je serais parti avec trop de remords. Ainsi, nous nous sommes rendus à la première messe du soir, moi lui prêtant le bras par-dessus l'une de mes cannes. Après cela, j'ai fait réchauffer les plats en sauce et les pommes de terre préparés par le charcutier que Madame Bertha avait été récupérer avant de prendre congé. Un repas de réveillon inhabituel pour moi, mais néanmoins délicieux.

Le matin de Noël, j'ai offert son cadeau à Madame Gerwig. Une bouteille de liqueur de framboise qui a semblé lui faire plaisir. Et la vieille dame m'a offert une paire de gants couleur moutarde tricotés par ses soins. Vus de loin, ils sont appréciables, mais ils me démangent affreusement les doigts lorsque je les porte.

Le lendemain, alors que je lisais à l'étage durant l'après-midi, je me suis hâté de descendre les marches en entendant du raffut. Alors que j'atteignais le rez-de-chaussée, j'ai vu une demie douzaine d'enfants envahir le salon.

Madame Gerwig, nullement troublée, était assise dans son fauteuil préféré, souriante, comme si ces garnements bruyants ne s'étaient pas perfidement introduits chez elle pour y courir en tous sens au milieu des vieux meubles. Il y en avait sept en tout, trois filles et quatre garçons. Il étaient très jeunes, à peine trop jeunes pour savoir s'exprimer autrement que par des syllabes. Ils devaient avoir quatre ou cinq ans. Ils étaient vêtus avec élégance, mais ce qui m'a frappé, c'était leurs visages.

Vous savez que je ne suis pas du genre à être mauvaise langue, mais mon Dieu, papa, maman, si vous aviez vu ces enfants ! Leurs traits étaient totalement disgracieux. A tous. A cela j'ai deviné qu'ils ne pouvaient qu'être frères et soeurs ou, du moins, de la même famille. Ces petits êtres étaient laids comme le pêché, avec des faces aplaties et pâles, presque rectangulaires, et des yeux globuleux, des cheveux blancs. On aurait dit des têtes de jouets. Des visages de marionnettes. Jamais je n'avais vu de tels enfants auparavant.

Le plus étrange, c'est que lorsqu'ils se sont aperçu de ma présence et de mon air circonspect, ils sont tous partis très vite. Ils se sont comme évaporés en courant dans la rue, sans qu'aucun adulte ne les accompagne.

Je suis allé refermer la porte qui laissait entrer une brise glaciale. J'ai ensuite demandé à Madame Gerwig si elle allait bien, si ces enfants ne l'avaient pas trop importunée. Elle n'avait pas l'air dérangée, elle m'a fait signe que tout allait bien. Elle semblait cependant un peu fatiguée par tout ce boucan soudain. Je lui ai demandé si elle savait à qui appartenaient ces enfants. Et là, elle avait vraiment besoin de la sieste pour laquelle elle s'est aussitôt hissée de son fauteuil avec mon aide. Car à cette question, elle m'a répondu que ces enfants étaient les siens. J'ai corrigé son erreur : s'agissait-il des enfants de sa fille ? Ou de quelconques petits neveux ? Elle m'a dit que non, qu'elle était leur mère, avant de se retirer pour dormir.

Je vais d'ailleurs en faire autant, il est bientôt minuit.

Je vous embrasse,

Athanase

*

Samedi 2 janvier 1982

Cher Camille,

Je te souhaite une belle et heureuse année 1982, pleine de succès et de joie. Transmets également mes bons voeux à tes parents.

J'ai bien reçu ta carte de Noël. J'espère que la fête a été belle, et que tu auras passé un agréable réveillon du nouvel an.

Pour ma part ces deux fêtes ont été bien tristes et bien ternes, éloigné de mes proches et de mon foyer. J'ai édulcoré mon sentiment pour mes parents, mais je ne rêve que d'une chose, c'est de rentrer à la maison. Je t'en prie, je me confie à toi, mais ne leur dis rien si tu les croises. Et je préfère que tu n'informes pas ta maman de mon état d'esprit, tu sais comme nos mères sont bavardes entre elles. Mes parents auraient trop de peine de me savoir aussi abattu. J'attends que cette année catastrophique se passe, cela ira mieux après.

Je rêve déjà d'être en juillet et de retrouver ma maison, le champs de tournesols, la forêt et le lac, lire assis dans l'ombre fraiche du lavoir, aller cueillir des mûres avec le chien qui me suit, faire du vélo sur les sentiers avec ma soeur et toi. Enfin ces jours meilleurs finiront bien par arriver dans quelques mois.

Hier, j'avais de nouveau rendez-vous avec le médecin. Il a confirmé l'amélioration de ma cheville, que je sentais par moi-même. Mais lorsque je lui ai donné les dates de ma cession d'évaluations pour lesquelles j'ai déjà pris un retard fou, celui-ci m'a rétorqué sans la moindre ambiguïté que je ne pourrais pas encore encore danser à ces dates. C'est épouvantable.

La double peine, c'est que mes camarades de l'école de danse sont tous repartis auprès de leurs familles pour les vacances de Noël. Je suis le seul imbécile éclopé à rester ici dans une solitude qui me pèse un peu plus chaque jour. Parfois, j'ai même l'impression que la maison rétrécit, tant je m'y sens à l'étroit. Les murs de ma chambre se sont resserrés d'un bon mètre, la salle de bain se recroqueville. Un pantin vivant dans une maison de poupées.

Et dehors, il neige à gros flocons, depuis des jours, sans discontinuer.

Prends bien soin de toi,

Athanase

*

Mardi 5 janvier 1982

Chers Parents,

La neige s'épaissit. Un gros manteau d'un mètre de blanc glacial recouvre le jardin, et les services municipaux ne cessent de venir dégager la neige qui recouvre aussitôt les espaces d'où elle a été chassée.

Il y a du givre aussi. En sortant chercher le courrier dans la boîte aux lettres hier matin, j'ai glissé sur une plaque de verglas dans l'allée. Je me suis fait mal au poignet. Mais cela va passer.

Heureusement que Madame Bertha s'occupe des courses elle-même depuis que je boîte, car je serais bien incapable de porter des sacs de commissions avec tout cela.

Quant à ma logeuse, la neige semble la mettre en joie. On dirait qu'elle retrouve son âme d'enfant. Je la regardais hier depuis la fenêtre de ma chambre, s'en donner à coeur joie dans le jardin. Elle glissait sur la neige au milieu du brouillard, elle se déplaçait vite, sans même bouger les jambes, comme glissant sur des rails ! Ensuite, elle est rentrée dans la maison par la fenêtre.

Bien cordialement,

Athanase

*

Mardi 12 janvier 1982

Cher Camille,

Merci pour ta dernière lettre. Heureux de savoir que tu as passé de belles fêtes et que ta rentrée se passe bien.

Pour ma part, la rentrée, se fait sans moi, pour la deuxième semaine consécutive. Mes camarades avancent tandis que je reste immobilisé. La douleur à ma cheville n'est presque plus qu'un fantôme et pourtant, je suis encore incapable de marcher normalement, j'ai au moins besoin d'une béquille. Alors pour ce qui est de danser ...

Cela est étrange et étonne le docteur qui me suit. Il m'avait certes ôté mes espoirs d'être sur pied pour les évaluations, mais il était pourtant certain que je pourrais au moins marcher sans nulle gêne.

Ah si seulement on pouvait accélérer le temps de ton côté pour que tu puisses faire un diagnostic par toi-même ! J'aurais au moins le réconfort d'être soigné par un ami.

Car si ma cheville a cessé de me torturer, c'est désormais tous le reste de mon corps qui geint. Etrangement, j'ai mal partout, la douleur passant d'une surface à une autre, comme si mon être n'était plus qu'un circuit où reflue une misère constante.

Mon appétit a diminué en l'absence d'exercice. Par moments, je pense avoir de la fièvre durant la nuit sans en être tout à fait certain. Pris de bouffées de chaleur et de courbatures, je me tourne et me retourne dans mes draps dans un état de demi sommeil halluciné.

L'autre nuit, j'ai vu Madame Gerwig me veiller dans le noir, souriant à mon chevet. J'ai fait semblant de dormir le coeur battant, tant j'avais peur que cela ne soit pas un mauvais rêve.

Donne-moi vite de tes nouvelles.

Bien à toi,

Athanase

*

Mercredi 20 janvier 1982

Chers Parents,

Mes camarades sont venus me rendre visite dimanche dernier. Ils m'ont fait la surprise et m'ont apporté un gâteau à la crème et des biscuits pour le goûter.

Face à ma récente maigreur, je lisais tant de pitié et de tristesse dans leurs regards que j'ai fait en sorte d'écourter leur visite, prétextant une fatigue soudaine.

Je me trouve en effet dans un sinistre entre-deux. Dans mon état, je ne peux ni retourner à l'école, ni rentrer à la maison. Je me sens piégé dans cette maison qui me parait de plus en plus étroite.

J'espère que tout cela va vite s'améliorer.

Affectueusement,

Athanase

*

Lundi 25 janvier 1982

Cher Camille,

Je viens de recevoir ta lettre.
Je t'avoue que je suis confus. Je n'ai plus aucun souvenir du contenu de ma dernière lettre. Mais je constate qu'elle a dû t'affoler. Je ne voulais pas te tourmenter.
Ainsi j'espère que ce nouveau courrier aura le mérite de t'apaiser.
Aujourd'hui, je me sens mieux.

Amitiés,

Athanase

*

Dimanche 7 février 1982

Chers Parents,

Cette nuit j'ai été réveillé par des murmures dans ma chambre. Les lampes étaient éteintes mais quelques bougies avaient été allumées lorsque j'ai ouvert les yeux dans l'obscurité.
J'ai tout de suite reconnu cette chère Madame Gerwig au pied de mon lit, Anna de son prénom. Les halos des bougies éclairaient faiblement d'autres visages indistincts d'où venaient les murmures. Un certain nombre de personnes me veillaient debout, autour de mon lit. Je ne distinguais pas vraiment leurs traits, mais ils étaient plein de ferveur.

Alors j'ai compris qu'ils priaient pour moi. Que Madame Gerwig avait organisé cette messe pour mon bon rétablissement.

C'est une délicate attention. J'apprécie beaucoup.

A bientôt,

                                                  Athanase

*

                           Lundi 15 février 1982

Chers Parents,

Il y a des mouches partout dans la maison. Toutes sortes de mouches, tout comme ces très grosses mouches noires comme il en rentre dans la grange au mois d'août. Elles se collent sur le visage de Madame Gerwig. Parfois, elles recouvrent complètement la vieille dame lorsqu'elle se déplace dans la maison comme sur des rails. Si vous pouviez voir cela, vous seriez étonnés. C'est à tel point que ma logeuse ressemble à une silhouette noire luisante qui grouille et qui bourdonne à la fois !

Hier, mes camarades sont venus me voir. Ils sont repartis presque aussitôt sans que je ne comprenne pourquoi. C'est un mystère

Enfin, j'espère que vous allez bien.

Très cordialement,

                                                  Athanase

*

Mercredi 3 mars 1982

Chers Parents,

Je m'excuse de ne pas vous avoir écrit plus tôt. J'espère ne pas vous avoir inquiétés par mon long silence. Et si c'est le cas, vous serez rassurés en en apprenant la raison : j'ai enfin repris les cours ! Depuis quelques temps déjà ! Je suis à nouveau sur pied.

Il a cessé de neiger, tout cela a fondu. Il fait bien meilleur à l'extérieur pour ma sortie récente et les couleurs ont bien changé. D'ailleurs, *le monde* lui-même a bien changé. La fin de ma convalescence me le fait voir autrement. Il n'a plus la même consistance qu'avant.

Il en va de même pour mes mouvements. Lorsque je danse, j'ai quelquefois la sensation de voler ! Cependant, je sens que mes camarades sont jaloux de mon agilité retrouvée. J'ai toutes les raisons de penser qu'ils conspirent contre moi, car je les entends murmurer la nuit venue. Mais je m'en fiche, si vous saviez ! Je me concentre sur mon rêve perdu et retrouvé.

A très bientôt,

Athanase

*

Jeudi 18 mars 1982

Chers Parents,

Les prières de Madame Gerwig et de ses amis ont porté leurs fruits. A force de ferveur, nuit après nuit, me veillant autour de mon lit. Je suis définitivement remis.

Chaque jour de cours de danse est un véritable succès, je suis plus souple, plus précis, plus habile que jamais.

En revanche, parfois je perds un peu le sens de l'orientation.

En effet, mes amis ne l'avaient pas mentionné, sans doute pour me faire du tort, mais des travaux ont dû être réalisés à l'école durant ma convalescence, car le bâtiment n'a plus exactement la même forme vu de l'extérieur. Et je ne le reconnais pas à l'intérieur. D'autant que le bâtiment lui-même semble changer d'emplacement géographique chaque jour nouveau. Parfois d'un côté du fleuve, parfois de l'autre, mais l'essentiel est que je finisse toujours par le retrouver !

Enfin ce ne sont là que des détails. L'important, c'est que je puisse danser de nouveau. Je suis si heureux !

Aussi, ne m'en voulez pas si je m'abstiens de vous écrire durant un long moment ces prochaines semaines. Le temps passe vite et suis très très occupé.

Embrassez Justine pour moi.

A bientôt Papa !
A bientôt Maman !

Athanase

*

Lundi 21 juin 1982

Monsieur et Madame Cluzot,

J'ai le regret de vous informer qu'en raison de l'absence de votre fils Athanase Cluzot aux sessions d'évaluation, notre établissement ne validera pas sa première année.

Toutefois, s'il le souhaite, Athanase aura bien entendu la possibilité de redoubler sa première année dès septembre prochain. Nous prenons en compte sa blessure en tant que circonstance atténuante. Il suffira pour cela de remplir le formulaire de réinscription en première année et de nous le retourner signé. Athanase étant un élève prometteur, son dossier passera en priorité, et une place lui sera assurée.

D'autre part, ce mot pour m'enquérir du bon rétablissement de votre fils. En effet, Athanase n'étant plus revenu dans notre établissement depuis son accident, hormis une brève visite avant Noël dernier, ses camarades ne l'ont pas revu depuis le début de l'hiver. Athanase ne vivait déjà plus chez sa logeuse lors de leur dernière visite il y a de cela quelques mois. J'en déduis que votre fils est rentré à votre domicile peu après le nouvel an.

Auriez-vous cependant l'amabilité de me le confirmer ? Athanase étant mineur, il est de notre responsabilité de nous assurer qu'il soit bien rentré auprès de ses parents.

Ci-joint le formulaire pour une ré-inscription en première année, ainsi que le montant modifié des frais de scolarité.

Très cordialement,

Madame Rivers
Directrice Générale

OÙ EST NATACHA ?

18h12

Natacha, la démarche chaloupée par ses talons aiguilles, avance d'un pas nerveux sous les marronniers du Boulevard Victor Hugo inondé d'un généreux soleil d'octobre. L'abribus de l'Hôpital Américain est en vue, mais pas le bus qui va avec. Sans grande surprise, le 82 est en retard. La jeune femme pousse un soupir sonore qui résonnerait presque sur le boulevard désert, de mauvaise humeur à cause de ses récentes insomnies.

Dans un peu moins d'une heure et demie, les invités commenceront à affluer pour fêter les quarante ans de mariage de ses parents. Elle tient à arriver avant les convives au cas où sa mère, stressée par les derniers préparatifs, aurait besoin de son aide. Natacha est largement en avance, mais elle a horreur d'attendre. Elle s'installe sur le banc métallique de l'abribus, croise les jambes et frappe le bitume de son talon pour rythmer son impatience. Elle lorgne la file de taxis que personne ne prend sur la borne voisine, se reproche de ne pas avoir commandé un Uber depuis la maison. Elle hésite encore à sauter dans un taxi lorsque le 82 apparaît à l'angle du Boulevard de la Saussaye.

C'est pas trop tôt.

Natacha escalade le marchepied et adresse un *bonjour* impersonnel au chauffeur avant de s'avancer vers le fond du bus vidé de ses derniers passagers. Elle s'assied vers le milieu, côté vitre. Nouveau tic énervé en constatant qu'elle a déjà abondamment transpiré sur le peu de chemin qu'elle a effectué à pied depuis chez elle. Le soleil d'automne est devenu traître ces dernières années. Elle sue sous les montures ses larges lunettes de soleil et ses collants lui démangent les jambes comme autant de sangsues. Elle craint pour son maquillage minutieux et son brushing laqué au cheveu près, et redoute d'avoir mal à la tête un peu plus tard à cause de l'irritabilité et l'insomnie. Si elle a mal à la tête, elle devra faire un trait sur l'alcool, qui est quand même, entre autres, l'un des principaux objectifs de cette soirée.

Calme-toi, s'il te plaît.

Fort heureusement, la station de l'Hôpital Américain correspondant au terminus de la ligne et à son recommencement, Natacha savoure d'avoir le bus entier pour elle seule. Un trajet silencieux sur une dizaine de stations aura le mérite d'apaiser ses nerfs. Le grondement du moteur qui commence à chauffer résonne comme une victoire, Natacha sourie finalement. Elle sera la seule passagère jusqu'à nouvel ordre.

C'était sans compter la vieille dame qui vient de frapper du plat de la main sur la porte automatique à peine refermée. *Mais c'est pas vrai !* Natacha espère une seconde que le chauffeur va démarrer en trombe sans s'en apercevoir, mais ce dernier ouvre la porte à la retardataire qui le remercie d'une voix chevrotante. Et la seconde qui suit, Natacha se mortifie de honte d'être aussi infâme par moments. Pour se purger de ses mauvaises pensées, elle adresse un sourire constipé à la vieille dame qui s'assied sur un siège spécial personnes âgées, prévu à cet effet. Cette dernière n'a pas remarqué le sourire bizarre de Natacha, elle doit penser que la jeune femme a eu un spasme sur le visage.

18h22

Le bus démarre pour de bon. Natacha profite du calme, offre son visage à la caresse du soleil contre la vitre. Avec un peu de chance, le bus ne marquera pas les arrêts aux stations tant les avenues du nord de Neuilly sont désertes en ce samedi. Le véhicule passera devant à toute vitesse en faisant s'envoler les premières feuilles mortes des trottoirs. Enfin la pression intérieure retombe, et son irritabilité, un peu. *C'était pas la peine de me stresser à ce point. Tout va bien. Faut vraiment que j'apprenne à me détendre. Ce que je peux être débile parfois...*

Mais le bus ralentit à l'approche du premier arrêt. Et, tout autour de la station Bineau-Château se tient un attroupement de personnes de tous âges vêtus de tenues pastels aux motifs plein de gaité. *Non, pitié ... ne me dites pas qu'ils vont tous monter. Non, non, non ... et merde !*

Les portes s'ouvrent, et la vingtaine de personnes endimanchées entre au compte goutte. Ils n'ont pas de tickets. Un à un ou par groupes de quatre ou cinq, ils achètent leurs tickets au chauffeur qui a dû couper le moteur le temps de digérer le flux de passager sans titres de transports. Ils achètent et compostent, achètent et compostent, font des plaisanteries sur les tarifs de groupe.

Le quartier, entièrement résidentiel, abrite toutes sortes d'églises protestantes. Ces gens doivent vraisemblablement sortir de l'une d'entre elles. A leurs tenues, ils sortent d'un mariage et sont en route pour le vin d'honneur dans une salle du seizième arrondissement, Natacha les entend compter bruyamment les stations jusqu'à celle d'Alphand. Ils descendront après son arrêt. *Je vais me les taper tout le trajet.*

Les passagers néophytes envahissent le bus. La première personne à s'installer est une jolie brune beaucoup trop maquillée accompagnée d'un gosse en léger surpoids portant un bermuda sous sa veste de smoking. Ils sont suivis par un type immense et massif à la coupe en brosse, puis d'une quinquagénaire à lunettes sans montures, coupe garçonne avec mèches rouge pétard. *Le duo vainqueur, bravo.* Comme pour rééquilibrer la faute de goût, une femme en tailleur à la coupe élégante fait son entrée avant d'aller se tenir à la barre. Un chauve arborant une cravate trop courte lui emboite immédiatement le pas, puis une femme dotée de mollets énormes contenus dans un collant chair. Un jeune adulte en chemisette bardée de logos de marques de luxe s'installe sur un siège qui fait face à celui de Natacha. *Autant de marques sur une chemise à manches courtes, c'est vrai que ça vaut le coup de s'y mettre à plusieurs.* Il rabat sur sa hanche sa sacoche monogrammée. Une femme à lunettes loupes en robe blanche qui n'est pas la mariée pousse devant elle deux adolescentes qui lui ressemblent. Une poignée de personnes continue d'entrer, et la porte se referme derrière un vieux beau à la chevelure argentée en costume de lin beige sous lequel on devine ostensiblement un slip noir, et, derrière lui, un sosie de Macron qui ne dépasse pas le mètre soixante. Et le bus redémarre.

Tout ce beau monde s'agite, s'interpelle, excité, commente le paysage, cherche une place, change de place, parle fort. *Le problème avec les transports en commun, c'est qu'ils sont en commun.*

Le bus ralentit à l'arrêt suivant. Un jeune couple, mignon et bien assorti, se cherche une place assise au milieu de la joyeuse bande. Ils s'installent côte à côte sur la seule paire de sièges restés vacants. Natacha les voit échanger une série de mimiques moqueuses à la vue de ces passagers débordant d'enthousiasme. *Ils débordent un peu trop même.* Ça rie fort, ça parle fort, ça piaille carrément.

« Vous êtes bien installés ? crie le vieux beau au slip noir.
- OUAIS !!! hurlent huit personnes à la fois.
- Chauds pour ce soir ? » poursuit le sosie de Macron.

Ça y est, des ambianceurs de salle maintenant.

« On va mettre le feu ou pas !? beugle le gosse en surpoids une octave trop haut.
- OUAIS !!!
- Tout le monde se souvient bien de la chorégraphie ? demande madame cheveux rouges et moches.
- Comme ça ! crie coupe en brosse. Un, deux, trois, quatre ! »

Il exécute ce faisant un court enchaînement de pas de côté avant de taper dans ses mains et tourner sur lui-même avec un léger déhanché sur la fin. Il est aussitôt applaudi.

« Allez tous ensemble !! fait une voix de femme derrière Natacha.
- C'est parti ! » glapit une adolescente

Dites-moi que je rêve.

Tous se lèvent et se rejoignent au centre du bus. Ceux qui se sont levés trop tard restent dans les passages entre les rangées de sièges. Et c'est partiiiii ! Et un, deux, trois et quatre, clap ! clap ! Et un, deux, trois et quatre, clap ! clap ! A gauche ! A droite ! *Cauchemar ...* Devant ! Derrière ! Et on tourne ! Et un, deux, trois et quatre, clap ! clap ! Allez ! Et les bras ! Et un, et deux ... En haut ! Trois, quatre ! En bas !

Les pas de danse martèlent le sol du bus à faire trembler tout l'habitacle. BAM ! BAM ! *La nana aux gros mollets va finir par faire un trou dans la carcasse.* Désormais, Natacha est certaine d'avoir mal à la tête d'ici quelques minutes, le compte à rebours est lancé jusqu'à son arrêt. *Adieu, Pol Roger, adieu.* Le couple qui vient de monter est bon public. Amusés, il encouragent les danseurs en tapant mollement dans les mains. Même la vieille dame sourit bêtement. *L'hypocrite ! Le chauffeur aurait mieux fait de la laisser dehors.* Les danseurs redoublent de zèle, galvanisés par leur public improvisé. Seule Natacha garde un rictus figé, illisible, et lève les yeux au ciel, cachée derrière ses lunettes de mouche. *Putain c'est un bus, pas un zoo !*

Et la danse continue. BAM ! BAM ! Un, deux, trois et quatre, clap ! clap ! Des pas plein d'ardeur, transportés de joie canaille et d'auto-encouragements, ambiance potes de promo du marié. *C'est sûr, il y aura un beau powerpoint bien déluré aux couleurs acidulés, de quoi avoir la gerbe avant la pièce montée.* Elle décide de les ignorer, faire abstraction de leur présence, ce qui est compliqué avec ce boucan d'enfer.

Elle répond à un texto de Samuel, son fiancé qui est resté à la maison pour venir à l'heure pile après une petite sieste que Natacha lui envie. Elle lui écrit que oui, elle a bien eu son bus. Elle ne mentionne pas que le trajet a tourné en dancefloor bas de gamme. *Si ses amis nous font une merde pareille à notre mariage, je les fais sortir par la sécurité.* Elle lui redonne l'heure exacte du début de la réception chez ses parents. *Pour la cinquième fois seulement ...* Elle referme son téléphone, jette un dernier regard de dépit aux danseurs et tourne la tête vers la vitre où la rue défile lentement. Le spectacle est plus réjouissant dehors.

Le cirque continue, inlassablement. Et un, deux, trois et quatre, clap ! clap ! Et un, deux, trois et quatre, clap ! clap ! A gauche ! *Toquards* ... Natacha garde le front obstinément collé à la vitre.

Elle se demande si c'est elle qui a un problème ou le reste du monde. Il lui arrive trop souvent de ne tout simplement rien supporter. Elle n'a aucun goût à être une langue de pute. *Non, je ne suis pas une langue de pute. Jamais je ne verbalise ce qu'il me passe par la tête. Je suis juste un cerveau de pute puisque je ne dis jamais rien. Voilà, c'est ça, je suis une tête de pute, c'est tout.*

« Hé ! Mademoiselle ? », fait une voix d'homme par-dessus la cohue.

Natacha ne tourne pas la tête.

« Mademoiselle ? »

C'est à moi qu'il parle cet abruti ?

Un long sifflement aigu, le genre qu'on obtient avec les doigts dans la bouche après avoir touché la barre de la RATP. Natacha se retourne vers le bruit strident. C'est la réplique miniature de Macron qui lui fait de grands gestes.

« Youhou ! Par-là ! »

Natacha ne répond pas. Elle ne répond jamais lorsqu'on l'interpelle dans les lieux publics. Poker face derrière ses lunettes noires.

« Hé ! fait le type. Faut se dérider un peu !
- Mais oui enfin, dit la femme aux mollets d'éléphant. La vie est belle enfin !
- Faut péter un coup quoi ! » rajoute le gars à la chemise en contrefaçon.

Finalement, pour avoir la paix. Natacha affiche un très bref sourire aux danseurs. *Ça suffira largement.* Puis elle consulte sa montre. Elle est toujours très en avance mais ce n'est pas cela qui l'inquiète. Elle se sent brutalement anxieuse, comme une montée d'adrénaline avant une attaque de panique. Elle compte les stations qui la séparent de celle où elle doit descendre. Il n'en reste que quelques unes, mais elle a cependant très envie de sortir du bus au prochain arrêt. Quelque chose en elle d'irrationnel l'implore de sortir immédiatement. Elle est tentée, mais si elle obéit à son intuition bizarre, elle devra terminer le trajet à pieds. *Super, et je vais marcher tout le reste du trajet jusqu'à chez papa et maman avec mes talons aiguilles.* Elle va passer la majeure partie de la soirée debout, à papillonner d'un groupe d'invités à l'autre, à courir entre le buffet et les photos de famille, elle ne peut pas se permettre d'avoir mal aux pieds avant même le début du cocktail. Alors elle reste assise. *Calme-toi. C'est bientôt fini.*

Dans le bus, la foire continue. BAM ! BAM ! Un, deux, trois et quatre, clap ! clap ! Devant ! Derrière ! Et on tourne !

« Bah alors ! Faut sourire un peu hein ! lui lance le type au slip noir entre deux claquements de mains.
- Mais oui, ambiancez-vous ! ajoute la fille trop maquillée.
- Ah les parisiens ! Vous faites tout le temps la gueule ! » conclut le chauve à petite cravate.

Natacha ne réagit pas. Elle a un peu peur. Les gens continuent de danser, certains en la regardant. Et, dans ces quelques regards, Natacha sent une ombre passer. Un éclair malveillant qui lui fait courir un ample frisson le long du dos. Quant à la petite vieille et au jeune couple toujours assis, il lui adressent des sourires encourageants, comme une injonction à s'égayer la vie. Natacha a la gorge sèche. Elle sort la bouteille d'Evian qui déforme son sac et en avale quelques gorgées. Puis toute la bouteille. Lorsqu'elle compacte le plastique et le rebouche sur du vide, elle a encore soif.

La danse se poursuit, mécanique, rigoureuse, faisant virevolter les jupons à grosses fleurs. Natacha lève les yeux. Ils ne sont plus trois ou quatre à mal la regarder. A présent, la plupart des danseurs la fixent d'un oeil mauvais.

Une main moite et froide lui saisit soudain le poignet. Natacha sursaute. C'est la femme aux gros mollets qui lui serre le bras. Natacha étouffe un hoquet de surprise alors que le bus marque un arrêt. Le jeune couple avance vers la porte ouverte. Les deux jeunes gens lancent un regard légèrement inquiet vers Natacha, avant de lui tourner le dos et de sortir. Personne d'autre ne monte et le bus redémarre.

« Vous pouvez me lâcher s'il vous plaît ? » fait Natacha d'une voix glaciale à la femme qui lui a saisi le poignet.

Pour toute réponse, la femme secoue légèrement le bras de Natacha. Le sosie de Macron cesse de danser pour s'approcher. La femme aux cheveux rouge aussi, suivie de coupe en brosse. La vieille femme observe Natacha de loin sans lever un sourcil, comme si elle regardait une émission de variété un après-midi d'ennui.

Ils sont quatre face à elle. La femme aux grosses jambes a lâché le poignet de Natacha mais reste penchée sur elle. *C'est bon, je vais descendre maintenant, tant pis.* Natacha a à peine entrepris de se lever que les mains des deux hommes face à elle appuient sur ses épaules pour la faire se rassoir.

« C'est quoi, votre problème ? demande le mini Macron.
- C'est trop vous demander de sourire ? De faire preuve d'un peu de bonne humeur ? fait la femme aux cheveux rouge.
- Vous êtes de mauvaise composition, ajoute coupe en brosse.
- Foutez-moi la paix, ça suffit ! Laissez-moi sortir ! »

Son coeur bat très fort. Elle tente de se relever par la force mais les deux hommes continuent d'appuyer sur ses épaules pour l'empêcher de se lever. Natacha a franchement peur, maintenant. *J'aurais dû descendre avant, putain ! Si seulement j'étais descendue avant !*

« S'il vous plaît ! crie-t-elle à l'adresse du chauffeur. S'il vous plaît ! Arrêtez vous ! »

Le conducteur n'a rien entendu. Natacha voit son reflet conduire dans sa cabine depuis le rétroviseur intérieur. Elle reprend son souffle pour crier à nouveau lorsqu'une main s'abat sur son visage. Une gifle lourde assénée par la fille trop maquillée. Natacha porte une main à sa joue, stupéfaite, et la main droite de slip noir s'abat sur son autre joue. Une douleur soudaine à la jambe. Natacha pousse un cri. Couché par terre, le gros gosse en bermuda lui mord la jambe. Ses petites dents tranchantes ont crevé les collants où coule un filet de sang. Natacha secoue la jambe, affolée, mais le gamin y reste accroché par les dents comme un chien enragé.

De douleur et de panique, les yeux écarquillés de Natacha s'emplissent de larmes. Elle jette un regard implorant à la vieille dame qui la considère d'un air désolé.

« AIDEZ-MOI !!! » finit-elle par hurler.

Mais le visage de la vieille dame ne remue pas d'une ride. Et le chauffeur poursuit sa course. A présent, tous les passagers ont arrêté de danser pour la regarder. Natacha cesse de respirer. La douleur dans sa jambe lui traverse le corps entier dans un immense frisson. Sidérée, elle regarde ces inconnus si joyeux la minute d'avant. Le temps se suspend un instant. Quelques secondes seulement.

Avant que, comme autant de vampires, les vingt personnes endimanchées ne se jettent sur la jeune femme.

19h37

« Bonsoir Madame » claironne Samuel, découvrant son visage souriant caché derrière l'énorme bouquet de roses pâles qu'il lui tend.

La mère de Natacha sourit et saisit le bouquet que lui offre son futur gendre. Derrière elle, le bourdonnement des premiers invités résonne dans l'appartement.

« Joyeux Anniversaire de mariage !
- Merci Samuel. Tu veux ranger ta veste ?
- Non, pas pour l'instant. Tout à l'heure peut-être. »

Samuel avance de quelques pas dans l'entrée, la porte se referme derrière lui. Sa future belle-mère fronce les sourcils.

« Samuel ?
- Oui ?
- Ma fille n'est pas avec toi ?
- Non pourquoi ? Elle est partie avant moi en bus, elle voulait venir en avance. Elle n'es pas là ?
- Non, pas encore.
- Alors c'est vraiment bizarre, elle est partie à dix-huit heures. Je l'appelle tout de suite. »

La mère de Natacha salue les cousins de son mari qui viennent d'arriver tandis que Samuel sort son portable pour appeler sa fiancée. Le téléphone de Natacha sonne dans le vide, jusqu'à la messagerie.

21h16

Les invités sont tous arrivés. L'ambiance, faussement détendue, a un arrière-goût étrange. Comme une odeur d'ozone avant l'orage. Les parents de Natacha et leur gendre ont du mal à masquer leur inquiétude qui menace de virer à

l'affolement de minute en minute. Alors qu'en cet instant, personne ne se doute encore qu'on ne la reverra jamais, la même question anime les lèvres des hôtes et de tous leurs invités.
Où est Natacha ?

-FIN-

NOTES

FAKE RYAN

Cette histoire est née d'une plaisanterie avec mon mari. Plaisanterie partie trop loin dans l'absurde pour être racontée ici, mais plus sérieusement, conjuguée au danger réel que peuvent représenter les trajets nocturnes pour les femmes seules, qu'elles soient à pied, à cheval ou en voiture.

FANFARE

L'histoire s'est écrite une fin de journée d'automne. J'avais eu une insomnie la veille alors que mon réveil devait sonner aux aurores. J'ai passé la journée à travailler dans un état de fatigue impitoyable doublé de la migraine carabinée qui avait accompagné mon insomnie. Mon organisme a une faible tolérance à la fatigue. Impossible de prendre un médicament pour la migraine quand je suis dans un état pareil au risque de me sentir plus mal encore. J'ai dû faire une sieste en fin de journée car j'avais encore des choses à faire. Une sieste consistant à fermer les yeux dans le noir car je suis incapable de m'endormir la journée. En fermant les yeux, j'ai entendu un bruit. On aurait dit une fanfare qui passait dans la rue. *Impossible*, je me suis dit, *tu dérailles complètement, il n'y a pas de fanfare dans la rue !* Cette idée bizarre m'a effrayée quelques secondes. Puis je me suis concentrée sur ce bruit. Rien de plus exotique qu'une machine à laver en plein essorage chez le voisin du dessus. Puis en une minute exactement, toute cette histoire s'est construite dans ma tête. J'ai dû écourter ma « sieste » pour en écrire le résumé car j'étais tellement dans le brouillard que je craignais de l'oublier.

DU VERRE PILÉ DANS LA TÊTE

A trente ans, j'ai commencé à souffrir de migraines. Rares au début, les crises se sont rapprochées, à raison, dans le pire des cas, de plusieurs crises par semaine. D'ailleurs, au moment où j'écris ces lignes, cela fait vingt-quatre heures que j'essaye de m'en débarrasser sans succès. Il m'arrive de passer les mêmes week-ends ou les mêmes nuits que le héros de l'histoire, notamment avant une journée importante. Une amie souffrant du même mal m'a avoué avoir été un jour prise d'une pulsion de s'en prendre physiquement à un voisin de train qui s'amusait à faire du bruit avec un stylo à bille en face d'elle. Je pense que l'idée est partie de cet aveu, combinée à l'expérience de la douleur chronique.

MAUVAIS QUART D'HEURE

Cette nouvelle avait été initialement écrite pour figurer dans le recueil *Série B*, sorti en 2018. Finalement, je ne l'y avais pas intégrée pour des raisons dont je ne me souviens plus. J'ai donc laissé le texte trainer dans un dossier pour le publier dans le recueil de nouvelles suivant. Quatre années ont passé durant lesquelles je n'ai écrit que des romans. Cette histoire qui prenait la poussière depuis si longtemps a enfin trouvé sa place. Entre temps d'ailleurs, je me suis mariée.

Et je n'ai pas fait d'enterrement de vie de jeune fille. Donc tout va bien.

HORROR SHOW

Cette idée est née d'un reportage que j'avais vu il y a longtemps sur les jeunes qui louent leurs chambres d'étudiants chez des personnes âgées et la complicité touchante qui se crée parfois entre deux générations si éloignées. Je n'avais pas eu le temps de l'écrire sur le coup car j'avais déjà l'esprit occupé par mes précédentes fictions. J'ai donc laissé germer cette histoire dans ma tête durant plusieurs années avant que je ne sois disponible pour l'écrire.

OÙ EST NATACHA ?

J'ai vécu une scène à peu près similaire, les deux premiers tiers de la nouvelle sont du pur vécu, à peine romancé. Mais la fin est inventée, évidemment !

REMERCIEMENTS

Merci à mon mari et à sa patience, ma famille et sa patience aussi, et à mes amis (pour leur patience également). Sans eux je ne n'irais pas très loin.

Enfin, merci à vous, lecteurs. A ceux qui me suivent depuis des années, et ceux qui viennent de découvrir mon travail.

Aimablement,

Charline Quarré

DU MÊME AUTEUR

ROMANS

A Contre-Jour, 2011
Pas ce Soir, 2012 (Nommé au Prix Littéraire François Sagan 2013)

RECUEILS DE NOUVELLES D'EPOUVANTE

Train Fantôme, 2015
Ecarlates, 2016
Made In Hell, 2017
Série B, 2018
Horror Show, 2023

ROMANS D'EPOUVANTE

Fille à Papa, 2019
Influx, 2020
Soap, 2021
Sale Histoire, 2022

Site web de l'auteur : www.charlinequarre.com